3年B組
金八先生
風にゆらぐ炎

小山内美江子

高文研

◆本書に登場する3年B組生徒（上段：配役名）

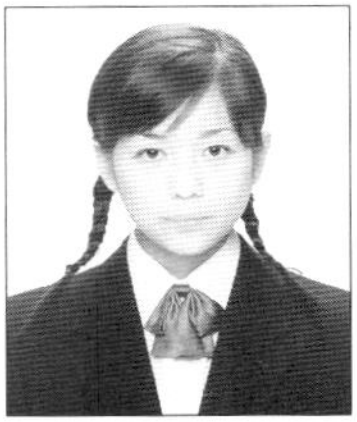

下田　江里子
（須堯　麻衣）

木村　美紀
（森田　このみ）

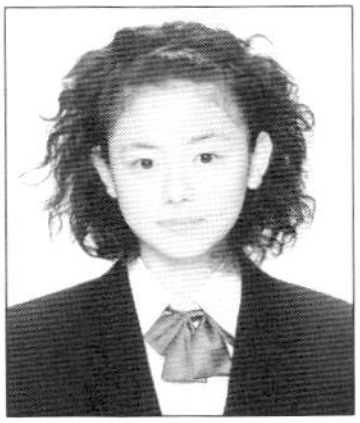

笠井　美由紀
（高松　いく）

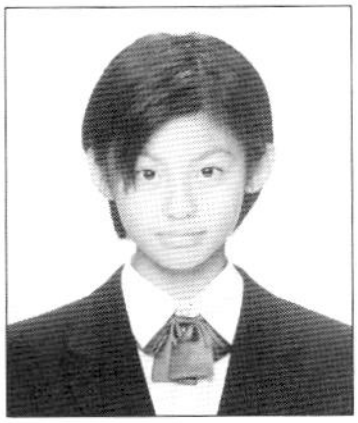

青沼　美保
（本仮屋　ユイカ）

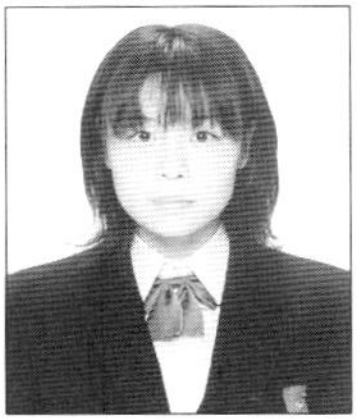

榛葉　里佳
（住吉　玲奈）

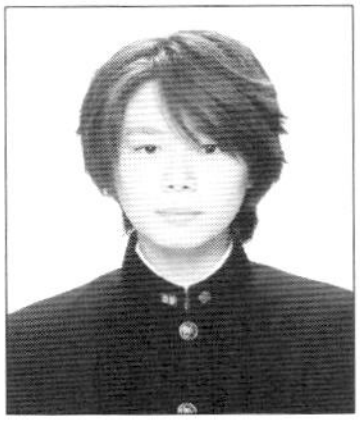

小堀　健介
（佐藤　貴広）

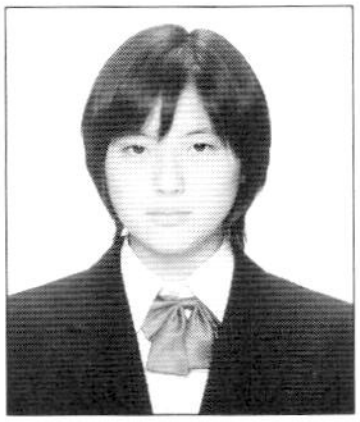

風見　陽子
（中分　　舞）

赤嶺　繭子
（佐藤　めぐみ）

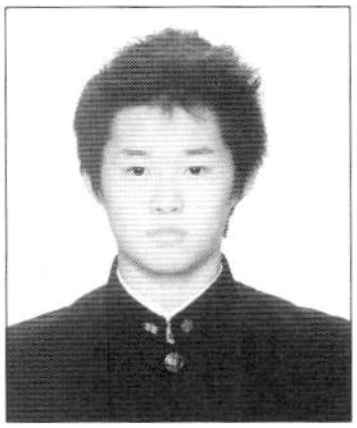

菅　俊大
（途中　慎吾）

近藤　悦史
（杉田　　光）

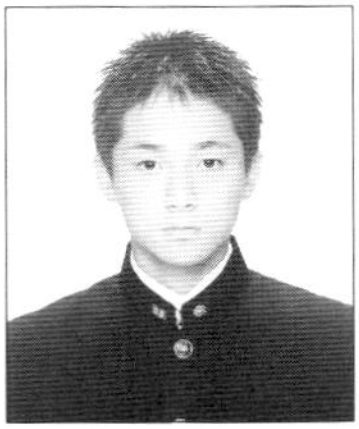

嘉代　正臣
（佐々木　和徳）

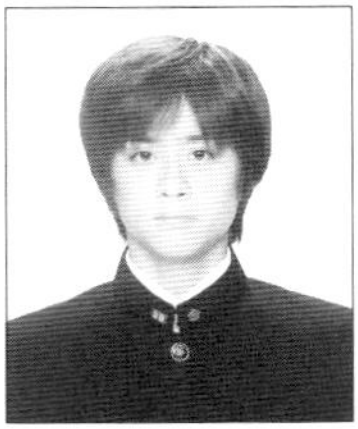

今井　儀
（斉藤　祥太）

鶴本　直
（上戸　　彩）

笹岡　あかね
（平　　愛梨）

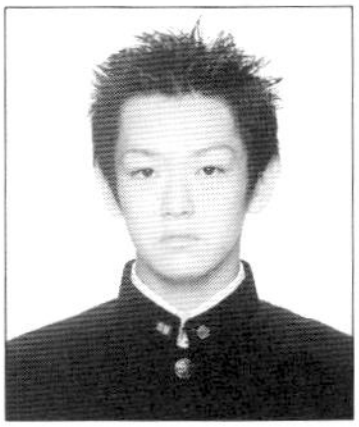

北村　充宏
（川嶋　義一）

江藤　直美
（鈴田　林沙）

◆本書に登場する3年B組生徒（上段：配役名）

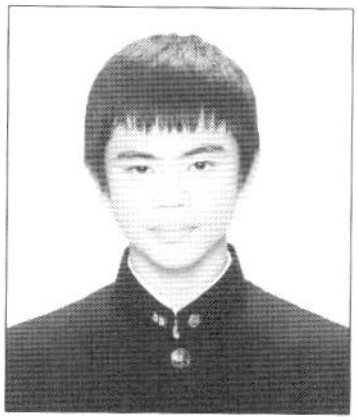
山田　哲郎
（太田　佑一）

前多　平八郎
（田中　琢磨）

長谷川　奈美
（中村　友美）

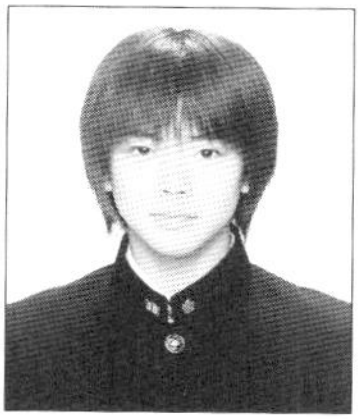
長澤　一寿
（増田　貴久）

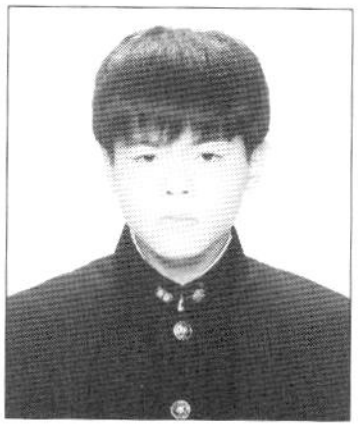
山本　健富
（高橋　竜大）

森田　香織
（松本　真衣香）

馬場　恭子
（金沢　美波）

成迫　政則
（東新　良和）

安原　弘城
（竹沢　正希）

星野　雪絵
（花田　亜由美）

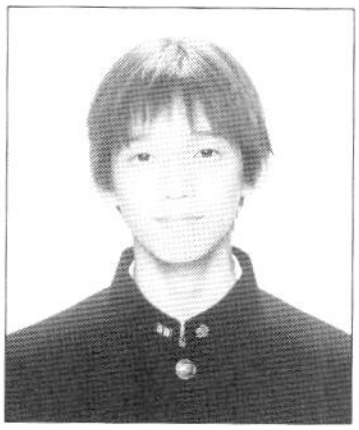
信太　宏文
（辻本　祐樹）

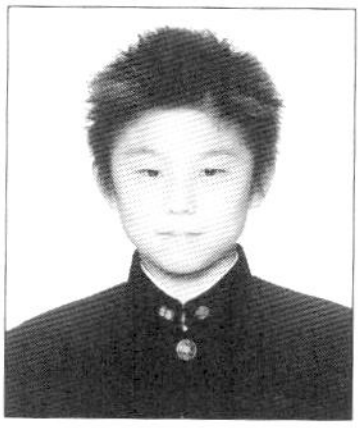
山越　崇行
（中尾　明慶）

本田　奈津美
（谷口　響子）

長谷川　賢
（加藤　成亮）

物事にはみな順序がある。
冬の後には春、春の後には夏。
夜が明ければ朝、朝が過ぎれば昼。
芽生えがあって、成長があり、
花が咲いて、果実は実る。

人の生き死にも同じこと。
親は子を生み、子を育て、
その成長を見とどけて、
親は先にこの世を去る。

ではこの順序が逆になったら、
親よりも子が先に死を迎えたら、
そのとき親はどうすればいい？
そのとき親はどう生きればいい？

もくじ

I　不意の一撃

幸作の異変を大森巡査から聞き、金八先生はすぐに安井病院へ向かう。

今年は九月に入ったとたん、台風がたてつづけにやってきた。雨が去った翌日はいっそう蒸《む》し暑く感じられたが、ついこの間まで夏期講習へ通う受験生の頭上から降りそそいでいたセミの声はいつのまにか消えている。二年前、三年B組の臨時担任として卒業生（息子の幸作もその一人だった）を送り出した金八先生は、一年間のブランクをはさみ、今年もまた馴染《なじ》みの三Bの教壇に立っている。席についている十五歳の面々は、今や昔に受け持った生徒の子どもたちの世代にかかってきている。その昔、生徒たちに兄貴分と慕われる熱血教師だった金八先生も、高二と大学一年の子を持つ父親だ。長女の乙女《おとめ》は亡き母親の遺志《いし》を継《つ》ぐかのように、養護教諭を目ざしてこの春から千葉国立大に通《かよ》っていた。

中三の冬は早い。夏休みが終わるとすぐに内申《ないしん》を左右する中間テスト、最後の文化祭、入試、卒業、謝恩会とメニューが目白押《めじろお》しだ。その中でそれぞれの子どもがその力を出しきれるよう、ばらばらになりがちなクラスを団結させていくのが金八先生の仕事だ。さらに、二学期からは事情のある転校生をかかえることが決まっており、金八先生は時間がいくらあっても足りない思いである。深夜まで二学期の準備に余念のない金八先生にかかってきた電話は、突然の訃報《ふほう》だった。改革派で鳴らした区の松村教育長が、急死したという。新学期早々、葬式とは。金八先生はしばらく茫然《ぼうぜん》となった。

告別式はぶりかえした蒸《む》し暑さの中、この前の三Bの一人であるヒルマンの寺で行われた。桜中学からは和田校長、国井教頭、数学の乾《いぬい》先生、それに中学の生徒代表として三年B組の学級委員、小堀健介《けんすけ》と青沼美保《みほ》が参列した。国井教頭のそばにぴたりと寄り添って神妙《しんみょう》な顔ですわっているものの、目だけはきょろきょろとせわしなく動いている。葬式に出ること自体、二人にとって珍しい体験である。面識もない教育長の死には実感がわかなかった。〝合法的〟に授業をパスしてちょっと役得《やくとく》の気分である。

　桜中学在学時にはまったく落ち着きのなかったヒルマンが袈裟《けさ》をつけ、父親の彰憲《しょうけん》和《お》尚《しょう》のかたわらに静かにひかえている。その変貌《へんぼう》ぶりに国井教頭や乾先生も胸があつくなる。日ごろ物静かな和田校長がこの日は、あたりをはばからない悲しみようだった。頰《ほお》をつたう涙をぬぐおうともしないその姿を見て、健介の目はまんまるくなった。ついつい伸び上がって校長の方をうかがう健介を、美保と国井教頭が両側からひじで突ついた。

　棺《ひつぎ》をのせた霊柩車《れいきゅうしゃ》が走り去ってしまうと、健介たちは国井教頭とともに乾《いぬい》先生のよく磨《みが》かれた車で学校へ戻った。校門に家庭科の花子先生と養護の本田先生が出迎え、疲労した面持《おもも》ちの国井教頭と乾先生にきよめの塩をかけた。教室の窓から見ていたのだろう、三Bの中でも物見高くてフットワークの軽い連中、美紀《みき》や香織《かおり》、儀《ただし》たちがすぐに駆け出してきて、勢いよく健介と美保に塩をかけはじめた。葬儀の帰りというよりは、まるで花嫁、花婿《むこ》を祝福するライスシャワーのようだ。

「やめてよ、もう、いいってば！」

怒ってふりはらおうとする美保の頭に、儀がわざとたっぷり塩をのせた。

「遠慮するなって」

「ほら、福はうちぃ」

香織がげらげら笑って、さらに塩を投げつけると、健介が悲鳴をあげた。

「いてっ、目に入ったあ、しみるぅ」

国井教頭がたちまち眉《まゆ》をつりあげる。

「いいかげんにしなさいっ」

「もう！　目を洗ってあげるから保健室に来なさい」

本田先生に連れられてぞろぞろと保健室へ向かう生徒たちを横目に、国井教頭は大きなため息をつき、それから急いで職員玄関へ向かった。突然の教育長の死に気持ちがたかぶっていたが、しみじみと悲しんでばかりはいられない。二学期早々、仕事は山積み、それに年度のなかばで教育長が交代ともなれば、今後のことにいろいろと影響が出てこないともかぎらなかった。

職員室へ戻ると落ち着かない様子で帰りを待っていた教師たちがいっせいに出迎えた。国井教頭に駆け寄って、ひときわ張り切っているのは社会科の北先生だ。

「花子先生、お茶、お茶!」

その声が「気が利《き》かないなあ」と語っていて、花子先生は内心かちんときたものの、黙ってポットのそばに立った。国井教頭はそんなやりとりに目もくれずに、ぐったりと自分の席に体をうめた。

「けっこうよ、なんだか胸がいっぱいで」

「私は、いただきます」

教頭とは対照的に、乾《いぬい》先生は疲れを見せず、てきぱきと教科書をそろえている。ファイルされた資料が几帳面《きちようめん》に並び、チリひとつない乾先生の机の隅にはさりげなくケアセンターの主任だった小椋《おぐら》英子の小さな写真が飾ってある。昨年、名が変わって、今では乾英子である。一見冷たそうに見える乾先生は、生涯独身だとか女生徒たちに噂《うわさ》されていたが、突然、英子との結婚を報告して周囲を驚かせた。英子には死別《しべつ》した夫との間に娘が一人いたから、乾先生は結婚と同時に父親になった。そしてもうすぐ二児の父となる。金八先生が、この几帳面《きちょうめん》な数学教師は感情表現は下手《へた》だが、芯《しん》のところは律儀《りちぎ》な、暖かい心の持ち主であることを理解するまでにはだいぶんかかったが、英子は乾先生の一見みえにくい優しさをすぐに見抜いたのだった。

「それで校長先生は？」

和田校長の姿が見えないのに気づいた金八先生がたずねた。校長がかなりまいっているだろうことは容易に想像できた。校長と教育長は歳も近く、教育長は改革の旗をふり、和田校長はそれを桜中学という現場で実践《じっせん》していったわけだから、〝戦友〟を亡《な》くしたも同然であろう。

「校長先生が一番ショックを受けていらしてみたい。人目をはばからずという感じで泣かれていたから、声をかけることもできないし、見ていられなかったわ」

思い出して、国井教頭は声をつまらせた。

「お骨《こつ》あげの後、緊急会議があるから、今日はお戻りにはならないと思います」

「それはそうでしょうとも」

教頭におもねるように、あうんの呼吸で北先生があいづちを打つ。

「しかし残念でたまりませんねえ、来年度からの教育改革には教育長としてあんなに意欲を燃やしておられたのに」

「それにしても急なことでしたねえ」

金八先生ら年配の教師たちが口ぐちに語りあうのを、若い花子先生は黙って聞いていた。彼らの会話の中でどうも北先生だけは、少し波長がずれているみたいだ。

「〝ミスター改革〟としては少々突っ走りすぎたんじゃないですか、われわれも気をつけないと、ね、乾先生」

なぜか少しはずんだ声で話しかける北先生を、乾先生は冷ややかに見た。

「何をですか」

「いや、気をつけるにこしたことはありませんが、突っ走る時は迫力をもって突っ走らんと解決できないことが全然なくなりませんよ」

「同感です！」

実感のこもった金八先生の言葉に、花子先生がはじめて強く同意した。

そのとき、職員室の外の廊下からけたたましい雄《お》たけびとともにものすごいはやさで足音が近づいてきた。白衣《はくい》の裾《すそ》をなびかせて飛び込んできたのは、理科の遠藤先生である。

「廊下を走らないっ！」

「廊下で叫ばないっ！」

金八先生と乾先生が同時に一喝《いっかつ》するのを気にもせず、遠藤先生はまっすぐ国井教頭の机に駆け寄った。

「それより、あれは取り消しですよねっ？」

「あれとは何ですか？　あれとは？」

「またまた、とぼけちゃってぇ、企業研修ですよ、派遣《はけん》研修」

抑《おさ》えきれずに笑みがこぼれ落ちる遠藤先生の顔を、国井教頭は不機嫌《ふきげん》に眼鏡《めがね》ごしににらみつけた。

「それがどうして、取り消しなんですか」

「だって、発令した教育長が死んじゃったんだから、すべてはパーのご破算《はさん》で……」

遠藤先生が、甘えるように国井教頭に食《く》い下《さ》がる。

「遠藤先生、あなたはなんという不謹慎《ふきんしん》なことを言うのですかっ！」

そう怒鳴りつけたのは北先生だ。遠藤先生を注意することで、乾先生にちくりとやられた失言を帳消しにしたいのだろう。けれどマイペースな遠藤先生は、そもそもなんとも思っていない教育長の死を惜しむふりする気も、余裕もない。教育長の改革だって、遠藤先生にとっては災難でしかないのだ。遠藤先生は最初から、教師の民間企業への出向《しゅっこう》などという研修に反対だった。遠藤先生に言わせれば、人に頭をさげる接客業などしたくないからこそ、教師になったのである。それがまさか自分に白羽《しらは》の矢が立つとは。にべもない国井教頭の態度に唇《くちびる》を噛《か》み、遠藤先生は救いを求めて金八先生をふりかえった。

「だって、ねえ、坂本先生」

「しかし、すでに決まったことだし……」

金八先生は口ごもる。遠藤先生の主張は支離滅裂《しりめつれつ》だが、研修という名のもとに、期限つきとはいえ教壇を離れなくてはならない遠藤先生の無念はよくわかる。以前、文部省に出向《しゅっこう》していた頃、金八先生はつくづく生徒たちの待つ教室に焦《こ》がれたのだった。管理職として地位を上りつめることを目標としている北先生とは逆に、あと九年、定年の最後の日まで担任教師として子どもたちに一番近いところにいたいというのが金八先生の願いである。金八先生が返事に窮《きゅう》していると、乾先生がぴしゃりと言った。

「遠藤先生だって承知されたことでしょう」

「承知も何も、いやなら辞《や》めろと脅《おど》されて」

遠藤先生の顔がみるみるふくれっつらになる。その駄々《だだ》っ子ぶりに、ついに国井教頭の堪忍袋《かんにんぶくろ》の緒《お》が切れたようである。

「人聞きの悪いこと言わないで！　これは全国的な取り組みなんです。教職員民間企業体験研修、デパート、ホテル、レストラン、旅行社、外回《まわ》りの営業所などへ派遣《はけん》されて、遠藤先生にネクタイやハンドバッグが売れますか？　ツアーの添乗員《てんじょういん》でわがまま放題おばさまたちのお守《も》りができますか？　それから考えたら、あなた、本屋さんなど知的で清潔でぜいたく言える筋合《すじあ》いかしら。本校の代表選手として、しっかり接客技術を身につけて教育現場に反映させる、それが遠藤先生、あなたの任務です。いわばあなたは名誉ある派遣《はけん》研修教師第一号なんです」

早口で一息にまくしたてられた遠藤先生は、地団駄《じだんだ》を踏んだ。

「陰謀《いんぼう》だ！　これは絶対に陰謀だ！　そんな名誉なんかクソくらえです！」

「私がなんでクソを食わにゃならないのですかっ」

国井教頭も負けてはいない。思わず火花が散った二人の間に、金八先生がさっと割って入って、息を荒くしている遠藤先生の肩をぽんとたたいた。

「ハイ、そこまで」

「坂本先生ぇ」

半泣きの遠藤先生が金八先生に抱きつく。その背中を金八先生は赤ん坊をあやすようにさすってやった。

「誰《だれ》だって、そのくらいわめかなければ、学校をはなれての研修なんてとてもふんぎりがつきません」

「そうですっ。よそでは教頭先生の研修だってあるというし、遠藤先生、後に続く者のためにがんばってくださいっ」

常に直球一本なのは花子先生だ。能天気《のうてんき》に明るい〝花ちゃん〟先生は、自分の言葉が遠藤先生と国井教頭を同時に傷つけることに気がついていない。遠藤先生のうらめしそうな顔、国井教頭のあきれ顔をみくらべ、北先生が鼻先で小さく笑った。チャイムが鳴り、担任を持つ乾先生も北先生も金八先生も次々と職員室を出て行き、遠藤先生はやりばのない怒りとともに取り残された。明日からは、自分の机のあるこの職員室ではなく、商店街の書店に通勤する身だ。

放課後、すっかりうちひしがれている遠藤先生を、金八先生は飲みにさそった。遠藤先生は大事な乙女に何かとちょっかいを出す〝虫〟だが、今日だけは目をつぶろう。いつもは過剰《かじょう》なほどに元気な男だけに、沈みきった様子は哀《あわ》れでしょうがない。

校庭からは下校する三年生たちの声がさざめいている。部活は引退したものの、受験勉強に本腰でかかるにはまだ間《ま》があり、かといって堂々と遊びに出かけるのもためらわれる中途半端なこの時期、体をもてあましているのだろう。友だちとも別れがたいのか、下校の時間がついつい長くなる。三Bきってのいたずら小僧《こぞう》、スガッチと儀《ただし》が子犬のようにじゃれあいながら、校庭をジグザグに走っていく。さきほど、スガッチといっしょになって学級委員に塩をふりかけていた美紀《みき》は、とりまきの里佳《りか》や香織《かおり》とおしゃべりに夢中になっているようだ。のろのろと進む美紀たちの後ろを、少し離れてぽつんと一人歩いていくのは直美《なおみ》である。美紀たちを追い抜かないところを見ると、様子をうかがっているのだろうか。はたから見ても寂しそうだ。

群れから離れて二人きり、仲良さそうに行くのは正臣《まさおみ》と奈津美《なつみ》である。相思相愛《そうしそうあい》を隠さないから、みんなもからかい甲斐《がい》がなくなって、最近少し孤立気味の三B公認のカップルだ。三年の二学期ともなると、暗黙の了解のもと、クラスの中での力関係やグループはだいたい決まっている。教室には非常にデリケートな人間関係のバランスの上に、いくつかのグループが構成されているのだった。愛想がよすぎても、悪すぎてもいけないらしい。

明日から入ることになっている二人の転校生はうまく溶け込めるだろうか。

遠藤先生を励まそうと、金八先生は職員室の同僚《どうりょう》たちをまんべんなく誘《さそ》ったが、急なせいか皆に断《ことわ》られ、こころよく付き合ってくれたのは養護の本田先生だけだった。

三人は学校にいちばん近い、土手脇のおでんの屋台の長椅子《ながいす》に、遠藤先生を真ん中にはさんですわった。夕方になると、涼しい風が川面《かわも》をわたってくる。

無残《むざん》に落ち込んでいる遠藤先生に、金八先生は冷酒《ひやざけ》をなみなみと注《つ》いだ。

「さ、まずはグーッと一杯《いっぱい》」

「寂しくって胸につかえて、そんなグーッとだなんて」

そう言いながらも遠藤先生はコップの酒をひと息にあおった。

「送別会はちゃんと仕切ってあげるから、そんな寂しがらないで。男の子でしょ」

本田先生の口調《くちょう》は、保健室に避難してくる子どもたちに向けるものと同じである。母親のような落ち着いた、やすらぎを含んだ声、優しい笑《え》みに、遠藤先生は無意識に甘えた。

「北先生はどうせ逃げると思ってたけど、近頃、乾《いぬい》先生もつめたくて」

「仕方ないでしょ。乾先生にはさっさと帰りたい事情がおありなんだから」

金八先生がたしなめる言葉も、早くも酔いがまわってきている遠藤先生には通じない。

「ふん、いい年こいて女房のでかい腹さすってるなんて、思っただけでヘドが出る」

年齢こそひとまわり以上離れているが、同じ独身で数学ひとすじといった乾《いぬい》先生に勝手に共感を抱いていた遠藤先生は、最近結婚していそいそとしている乾先生に裏切られたような気がしてすねているのだ。じっさい、英子の妊娠《にんしん》がわかって以来、乾先生は少し早すぎるマイホームパパになった。かいがいしく世話をやく乾先生の愛妻家ぶりはこのかいわいでは有名だった。


屋台《やたい》のおでん屋で遠藤先生が堂々めぐりのぐちをこぼしている今も、商店街には買い物袋を下げ、英子のおなかをかばうように歩く乾先生の姿があった。昔の教え子の利行《としゆき》、明《あき》子《こ》夫婦が切り盛りする「スーパーさくら」から出ようとしたところで、あたふたと駆け込んできた少年とぶつかりそうになり、乾先生はとっさに英子の前に自分の体をすべり込ませた。あわてものの客は三Bの山越崇行《やまこしたかゆき》だった。三年男子の中ではいちばんのちびで、いつもすばしこくちょろちょろしているため、「チュー」と呼ばれている。

「あ、先生。金八先生、知らない？　金八先生」

乾《いぬい》先生をみとめると、チューは第一声からため口でたずねた。中学三年とはとても思えない。答える乾先生の口調はかぎりなく冷たかった。

「知らんね、坂本先生の番人じゃあるまいし」

金八先生の名前が聞こえたとたん、奥から女主人の明子が出てきて、だみ声で頭ごなしに怒鳴った。

「こら、おまえ、金八先生に何の用だ？　また悪さして尻《しり》ぬぐい頼むんだろ？」

「うぜえな、クソババァ」

口汚く吐き捨てて踵《きびす》を返すチューに、明子よりも先に英子が叫んだ。

「ちょっと！」

ケアセンターで微笑《ほほえ》みを絶やさない英子だが、子どもたちのお年寄りに対する言葉づかいには厳《きび》しく、礼儀を欠いた言葉を断固《だんこ》として許さなかった。もちろん明子は年寄りではないし、明子の言葉づかいも相当なものだが、英子にしてみれば、チューの言い草は聞き捨てならなかったのである。しかし、チューはおかまいなく、すっ飛んでいった。思わず追いかけようとする英子の腕を、乾先生がつかんだ。

「ほっときなさい、からだにさわったらいけない」

「ほっとけだってよ、昔の教え子がクソババァと言われたのに、ほっとけだって、カンカンが」

憤懣《ふんまん》やるかたない明子が、大きな声であてこする。カンカンというのは、桜中学で代々伝わる乾先生のあだ名なのだ。数学嫌いだった明子も利行も、中学時代はともに憎悪をこめてこの名を口にしたものだ。しかし、今や利行は明子の癇癪《かんしゃく》にとりあおうともしない。

「その通りなんだから、我慢《がまん》しろ」

「ふざけるなっ」

明子の声は通りまで響いていたが、日常茶飯事《さはんじ》のスーパーさくらの夫婦げんかを気にとめるものもいない。乾先生夫婦は店を出て、暮れかけた道をわが家へ急いだ。

一番星が空高くあがるにつれ、鉄橋をわたる電車の明かりが川面《かわも》にキラキラと反射する。はじめは口数の少なかった遠藤先生も、杯《さかずき》をかさねるうちにすっかり饒舌《じょうぜつ》に、そして大声になっている。

「しかし、なんでこの僕なんですか！　教えてくださいよ、なぜなんだか！」

金八先生に激しく詰《つ》め寄ったかと思うと、遠藤先生は断固《だんこ》とした調子でテーブルをたたいた。

「だいたい、僕がいなくて三年の理科は誰《だれ》が教えるというのですか！　世間《せけん》では子どもたちの理数が弱体化してるって叩《たた》かれているこの時に」

力強い口調とは裏腹に、体はふらふらと左右に揺れるのだった。

「臨時の先生が来るまでは、私が教えますと教頭先生がおっしゃっていたわ」

本田先生の言葉を聞いて、遠藤先生の顔に憎悪《ぞうお》がはしる。頭の中で、国井教頭のメガネをかけた丸い顔がぐにゃりと笑った。

「くそおっ」

怒りに燃えて立ち上がる遠藤先生を金八先生が必死でなだめていると、後ろから人懐《なつ》こい声がとんできた。

「やだな、こんな所にいるなんてずるいよ」

甲高《かん》い声でそう言ったのは、チューだ。遠藤先生が立ち上がり、振り返って酔った目でぎろりとにらむ。

「何がずるいんだ、何が！」

「悪いお酒」

本田先生に手をひっぱられて、遠藤先生は再びくずおれるようにすわり、その頭ごしに金八先生は、くるくると好奇心に踊っているチューの目をまっすぐに見た。

「崇行《たかゆき》、今度は何の御注進《ごちゅうしん》だ？」

「ゴチュウシンなんて、古いなあ、先生は。情報伝達とかなんとか言ってくんない？」

もったいぶった様子《ようす》は、どこかで特ダネをつかんだらしい。

「ああ、言ってくんないですよ。おまえのはいつもガセネタで人騒がせばっかりさせるんだから」

「そりゃないよ、おれはいつも大事なニュースはまず担任に入れるべしとがんばってんだから」

チューは体中から忠誠心を発散させながら、子犬のように用はなくともいつも金八先生の周りをよくちょろちょろしていた。何か用を頼んだりすると、ぱっと顔を輝かせるし、金八先生と話したい口実に、しょっちゅう細々《こまごま》としたニュースを運《はこ》んできた。チューのは内申書《ないしんしょ》目当てのおべっか使いなどではなく、本当にただ金八先生が好きなのだ。その証拠に、成績は悪かった。

「それで？」

「校長先生、今度、教育長になっちゃうんだって」

「誰から聞いた？　そんなこと」

金八先生が思わず真顔《まがお》になって聞き返す。

「町《ちょう》会長のおっさんが、うちのおやじに言ってた」

チューが言い終わるか終わらないかのうちに、遠藤先生がいきなりチューの胸ぐらをつかんだ。

「もう一度言ってみろ！」

教え子がびっくりして首を縮《ちぢ》めているのにもかまわず、遠藤先生はろれつの回らなくなった舌でわめき散らした。

「陰謀《いんぼう》だ！　教育界の陰謀だ！」

金八先生はやっとの思いで、遠藤先生の手からチューをひきはがし、背中を押しやった。

「早く帰りなさい。余計なことをしゃべりまわるんじゃないよ」

そうは言っても、チューはしゃべらずにはおれないだろうから、このニュースは明日の朝には学校中に知れているだろう。和田校長が後継者《こうけいしゃ》となれば、教育委員会でも松村教育長の「改革」の方針はそのまま引き継《つ》がれていくに違いない。遠藤先生の期待もむなしく、予定通り書店員見習いの研修は続くだろう。さきほどの勢いはどこへやら、遠藤先生は冷《ひや》酒《ざけ》のコップがひっくりかえるのもかまわず、突《つ》っ伏《ぷ》してさめざめと泣き出した。

嘆《なげ》く遠藤先生をなんとか家へ帰して、金八先生はわが家へ急いだ。

「ただいまーっ」

遅くなったうしろめたさもあって、明るい調子で中へ呼びかけるが返事はない。食卓の上にはきちんと夕食が用意されて、金八先生の帰りを待っていた。

「おーい、幸作ぅ、乙女《おとめ》ぇ」

階段の下から、二階の子ども部屋へ向かってもう一度呼びかけると、足もとから低い声がして金八先生はぎょっとした。

「姉ちゃんはまだだ」

目をこらして見ると、真っ暗い居間《いま》の畳《たたみ》に幸作が転《ころ》がっている。

「なにしてるんだ？　電気もつけずに」

「なんか、だるくてさ」

背中ごしに返ってきた声には元気がない。

「バカだな。風邪《かぜ》ひくぞ、何もかけずに」

「風邪《かぜ》ならとっくにひいて、とっくに治《なお》ってる」

ぼそっと答えた幸作の言葉が金八先生の胸をチクリと刺した。このところほとんど幸作や乙女のことには気がまわっていなかった。幸作は希望の高校に入学し、乙女も大学生となって、まずはひと安心と、子どもたちのことはそれぞれに任《まか》せきりだったのだ。しかし金八先生は珍しく元気のない幸作を見て、ふと心配になった。

「学校で何かあったか？」

「べつに」

答えながら、幸作はのろのろと体を起こした。立ち上がるのにも両手をついてつらそうだ。

「ならいいけど。何かあったのなら、ちゃんと父ちゃんに言いなさいよ」

「なんかさ、だるくて」

「腹へってるからだろ、そんなときは待たずに先に食べなさい、さ」

金八先生は、食卓にならべてあった幸作の茶碗をとって、山盛りにごはんをよそった。けれど幸作は見向きもしない。

「あんまし、食いたくない」

食いしん坊で料理上手の幸作の言葉とも思えなかった。そういえば、朝食もほとんど残していた。何か悩みごとでもかかえているのだろうか。金先生はわざと冗談めかして言ってみた。

「恋の病《やまい》か？」

「姉ちゃんじゃあるまいし」

「姉ちゃんがどうしたって？」

とたんに金八先生の声がうらがえる。息子の恋は応援する金八先生だが、乙女のボーイフレンドのこととなると冷静にはなれないのだった。坂本家で平和が保たれているのも、乙女が父親の前ではそうした気配《けはい》を出さないように気をつかっているからである。

「おれ、先に寝ていいかな」

幸作は父親の狼狽《ろうばい》ぶりにかまわず、自分が用意した夕食の脇《わき》を素通りした。

「風呂、わいてるからね」

「あ、ああ」

あっけにとられている金八先生に気をつかってか、幸作は最後に無理にニッと笑って見せると、階段を上がっていった。金八先生が見上げるほど背が伸びた幸作は、いつもなら二段とびに階段を駆け上がるのに、だるそうに足をひきずる後ろ姿を見送りながら金八先生は首をひねった。風邪《かぜ》は治《なお》ったといったのに、どうしたのだろうか……。

「ふん、弟が具合悪そうなのに、姉ちゃんは夜遊びか」

不機嫌《ふきげん》につぶやく金八先生に、幸作のさっきのひと言が小さな刺《とげ》となり、いろいろな想像が渦《うず》を巻く。今ごろ、乙女は誰と何をしているのだろう。清楚《せいそ》でいて母親ゆずりの凛《りん》とした美貌《びぼう》の乙女を男子学生が放《ほう》っておくわけがない、と金八先生は父親になったその日から今にいたるまで親バカである。言い寄ろうとする教え子や遠藤先生から、金八先生は必死で娘をガードしてきたわけだが、大学生ともなると乙女の行動半径《はんけい》は急に広がって、さすがの金八先生にも把握《はあく》しきれるものではない。それに、最近乙女ははぐんと艶《つや》っぽくなった。薄化粧《うすげしょう》をして出かけるときの様子など、父親の金八先生ですら時どきはっとさせられる美しさだ。愛娘《まなむすめ》の成長を誇らしく思う一方で、帰りが少しでも遅くなったりすると金八先生は気が気でなかった。青春期の乙女が恋と無縁であるわけがないと頭では理解していたが、気持ちの方は納得《なっとく》がいかない。悩みを打ち明ける教え子たちには、恋も、一人旅も、進路への挑戦も激励・応援する一方で、相手が娘となると威勢《いせい》の良い金八節《ぶし》もとたんににぶるのだった。

じっさい、乙女が将来、小学校教諭になりたいと打ち明けたとき、金八先生は反対だった。自分自身は教師を天職《てんしょく》と思っていたが、その苦労もまた身にしみている。金八先生は長い教師生活の間、幾度も生徒とともに悩み、壁にぶつかり、文字通り体《からだ》をはって正面突破をしてきた。問題を抱えている生徒がいると、四六時中《しろくじ》そのことが頭を離れず、卒業した教え子のことも気にかかる。教え子からの突然のSOSに飛び出していくたびに、乙女や幸作は犠牲《ぎせい》になった。乙女を生まれたときからよく知っている「スーパーさくら」の明子や昔の同僚である池内先生が何かとフォローしてくれてはいたが、幼かった乙女や幸作にとって、働く両親の背中を見るだけでなく、ただそばにいてほしい時があったに違いない。父親の大変さをわかっているせいか、子どもたちは一度も不平を漏《も》らしたことはなかった。口には出さないが、金八先生は乙女や幸作に心の中で何度も頭を下げたことがある。

以前はそれでも、母親の里美《さとみ》先生が子どもたちのことはしっかりと把握《はあく》していると安心していた。里美先生に死なれて、金八先生は妻がいかに生徒たちへの思いと、わが子への愛情に引き裂《さ》かれていたかを実感したのだ。自分の人生を五十歳になってから悔《く》いたくない、と乙女と幸作が生まれてからもそれまで通りに仕事を続け、無理はしても手を抜くことはできなかった里美先生は、がんで倒れてあっけなく逝《い》ってしまった。まだ赤ん坊でやっと保育所に通いはじめた乙女が腸重積《ちょうじゅうせき》になり、すんでのところで命があぶなかったとき、里美先生は母親失格だと自分を激しく責めていた。

日中そばにいてやれないことでわが子に対しても負《お》い目を感じた里美先生は、自分の疲労をごまかしながら、学校と家庭であらんかぎりの愛情とエネルギーを注《そそ》いだ。そして、養護の教師でありながら、その体の不調がただの疲労ではないと気づいた時には、もう手遅れだったのである。病床で自分の死を予感して、里美先生はどんなにか無念だったことだろう。

小学生だった乙女の胸にも、母親の死は重くきざみこまれている。なんとかもっと生きてほしいと、乙女は泣いた。毎年、七夕《たなばた》のたんざくに、大きくなったら母親と同じ〝ヨウゴのせんせいになりたい〟と書いていた乙女が、母親の壮絶《そうぜつ》な闘病《とうびょう》を目にして、自分は大きくなったら看護婦《かんごふ》になると宣言した。乙女の気持ちは金八先生には痛いほどわかったから、金八先生も白衣《はくい》の乙女をなんとなく思い描いたりしていた。しかし、金八先生が思う以上に、乙女は父親の背中越《ご》しに教師という仕事のすばらしさをもみつめていたのである。中学に入った頃から、乙女はもう家事をきりもりするいっぱしの主婦であった。こと料理に関しては弟の幸作の方が熱心だったが、来客にはお茶を出し、式典《しきてん》の前日には父親のスーツに黙ってアイロンをかけ、乙女の気くばりで坂本家は居心地よくととのっていた。責任感の強い乙女は、いっそう周りを気づかう少女になっていった。

今年、大学受験間際《まぎわ》になっても、乙女はひそかに進路を迷うばかりで、忙しそうな父親に相談をもちかけることもできないでいた。養護教諭養成課程《かてい》のある茨城大学の教育学部に進めば、養護の先生か、小中の教師かのどちらかの選択は留保《りゆう》したまま受験をすることができるが、父親と幸作を残して家を出るのは心配でならない。下宿《げしゆく》代がかかれば、父親の負担が増《ふ》える。受験も土壇場《どたんば》になってはじめて乙女と膝《ひざ》をつきあわせて話した金八先生は、自分が知らずに乙女の枷《かせ》となっていたことを知り、思わず怒鳴《どな》ってしまった。

「茨城でもどこへでも堂々と出て行きなさい。幸作もやがて出て行く。そうやって送り出すのが親の務《つと》めなんだっ」

ひとりぼっちの父親を想像しただけでたまらなくなって、わっと泣き出した乙女に、金八先生は言葉ひとつかけてやることができず、やりきれない思いで家を飛び出した。自分の手がけた中でも最悪の進路指導であった。

揺れる乙女に救いの手をさしのべたのは、意外にも亡くなった母親だった。父親とけんかした乙女は、池内家をたずねて里美先生の日誌を読むことをすすめられたのである。池内家というのは金八先生が桜中学へやってきたときの最初の下宿先で、里美先生や金八先生とともに桜中学で家庭科を教えていた池内先生の実家である。両親共働きの乙女も幸作も、保育所へ入るまでのしばらくはこの家で預かられ、池内先生の母親に面倒を見てもらった。乙女たちにとっては親戚《しんせき》の家みたいなものだ。母親としての里美先生しか知らない乙女は、ふと養護教諭としての母親像を知りたくなり、池内先生をたずねたのだ。

里美先生はどんなに疲れた日も忙しい日も、かかさずに日誌をつけていた。古びたノートのページからたちのぼる養護教諭としての母親の息づかいに乙女は魅《み》せられ、夢中でページを繰った。その夜、乙女は心を決めた。

「お母ちゃんみたいな先生になりたい。養護教諭は、自分には点数つけるけど、生徒には点数つけなくていいのが気に入ってるって」

娘の口から、久しぶりに妻の口癖《くちぐせ》をきいて、金八先生の目に涙がにじんだ。金八先生は、困ったことがあると、里美先生の遺影《いえい》の前に正座《せいざ》して、じっと考え込む。乙女や幸作のことも、じっさいに答えてはくれない里美先生に心の中で相談してきた。乙女が人生の岐路《きろ》に立ったとき、金八先生の知らないところで母親が導いてくれた不思議を感じ、苦労させせたくないとばかりに思っていた金八先生のかたくなな心もとけたのだ。今では乙女が里美先生以上にいい養護の先生になるに違いないと、金八先生は確信していた。

将来への迷いもふっきれて、賭《か》けだった第一志望の千葉国大に受かった乙女は、大学生活を貪欲《どんよく》に楽しんでいる。必修科目以外にも数え切れないほどの科目が自分に向かって開かれ、毎日のようにどこかで講演やシンポジウムが催《もよお》されている。決められたカリキュラムと試験の繰り返しだった高校生活からは信じられないことだった。突然、世の中が知らないことでいっぱいにふくれあがった。乙女は焦《あせ》り、また自分の中にこんなにも好奇心《こうき》があったことに驚いた。およそ義務的な気持ちでこなしてきたこれまでの勉強と、養護教諭という目標を持った今とでは、取り組む気持ちもまるで違う。

といって、乙女は本の虫になったわけではない。自分の決めた時間割で、自分の決めた服装で、電車に乗って大学へ通う解放感は、乙女を夢中にさせた。知り合う人が、みな個性的に感じられ、あっという間に乙女の手帳は新しい友だちの連絡先やら、出かける約束やらでいっぱいになった。乙女に関していえば、五月病という言葉はまったく無縁であった。金八先生は夏休み返上で大学へ出かけていく乙女の生き生きした姿を喜ぶ一方で、乙女がみるみる大人《おとな》っぽく輝いてくるのがさびしかった。

幸作が二階に上がってしまって一人になると、金八先生はよけいに帰りの遅い娘が心配になり、五分ごとにいらいらと時計に目をやっていた。テレビをつけても、物騒なニュースばかりやっている。そんな父親の気も知らず、しばらくして、コンパでもあったのだろう、はなやいだ雰囲気《ふんいき》の名残りをまとったまま、乙女は帰ってきた。幸作のいない居間の空気はすでに金八先生の不機嫌《ふきげん》で満たされている。二人は口数少なく、幸作の用意した夕食を食べた。が、二人とも食はすすまない。重苦しい夕食を終えて、食卓を片づけはじめた乙女に、金八先生はようやく口を開いた。

「今日はやけに帰りが遅いじゃないか」

「ゼミの先輩《せんぱい》とお付き合いです、仕方ないでしょ」

ゼミの先輩とは男だろうか、という考えが反射的に頭に浮かぶ。

「そういう付き合いはキリなくなるんだから。今に飲んだくれて帰ってきたらたたき出すよ」

「なにっ」

「私、たたき出されたい」

思わぬ反抗心を含《ふく》んだ乙女の返事に、金八先生は声をあらげた。

「お父ちゃんが心配してくれるのはうれしいけれど、バイトだってあるし、もう大人《おとな》なんだもの。あまり干渉《かんしょう》されると」

「干渉とはなんですか、干渉とは！　夜道で変なのにグサリとやられたニュースはいくらでもあるんだから、遅くまでバイトなんかやることはないっ」

金八先生は頭ごなしに怒鳴りつけた。しかし、乙女にはこれまで父子三人きりの生活の中で、自分のことは自分できちんとやってきたという自負《じふ》もある。時間を惜しんで急いで帰宅し、受験勉強をしなければならなかった昨年とはわけが違う。やっと、一人前になって外へはばたこうというときに、にわかに父親があれこれ言ってくるのは理解できない。干渉を信頼されていない証拠《しょうこ》と思うと、乙女のプライドはたやすく傷ついた。

「変よ。高校まではともかく、大学も親がかりなのは日本だけだ、若者よ自立せよ、なんて言ってたのはどこの誰《だれ》？」

弱点をぐさりと突いた応酬《おうしゅう》に、金八先生は、ますます激昂《げきこう》した。

「自立と夜遊びをいっしょにするんじゃないっ」

「一度か二度遅くなったからって、何もそんなこと」

めずらしく言い合いになって、乙女の目には悔《くや》し涙が今にもこぼれ落ちそうだ。金八先生は後悔しながらもひっこみがつかなくなっていた。

すると、父娘《おやこ》のけんかを聞いてか、やはりだるそうな足どりで幸作が降《お》りてきた。なんとなく顔色もさえない。黙って流しで水をくむ幸作に、乙女が声をかけた。

「風邪《かぜ》だって？」

「そうかも」

「熱、はかったの？」

「たいしたことなかった」

「お年頃《としごろ》、じゃあ、恋の病でしょ」

元気のない幸作を励ますように、乙女は茶目っ気たっぷりに言った。

「乙女！」

さきほどの自分の言葉も忘れて、金八先生がきびしくさえぎるのもかまわず、乙女は姉《あね》貴《き》ぶってつづけた。

「病院に行ってきなよ、病院に」

「行ったって、風邪薬くれるだけ」

「でも、安井病院に行けばちはるちゃんに会えるし、顔を見たら治《なお》るよ、きっと」

乙女と幸作の小さい頃からのかかりつけの病院でもある安井病院の一人娘のちはるは、幸作の初恋の少女だ。素直な幸作は、自分の恋も隠そうともしない。「ちはるちゃんは世界一かわいい」は幸作の口癖《くちぐせ》である。ちはるは金八三Bの卒業生でもあり、また一人っ子のちはるは同じ高校に進んだ乙女のことを慕《した》っていたから、家族全員がこの優しい少女のことをよく知っていた。そしてまた、ちはるがやはり幼馴染《なじ》みの健次郎に恋していて、幸作を友だち以上に見ていないことも公然の秘密であった。それでも、幸作はずっとちはる一筋《ひとすじ》だ。乙女のからかうような口ぶりに、幸作は笑《え》みをかえしたが、金八先生はよけいに腹を立てた。

「どうして近頃、乙女はそう軽いの？　たった一人の弟でしょ、もっと親身《しんみ》になって心配してやんなさい」

「大丈夫、大丈夫」

かっかしている父親にひらひらと手をふると、幸作はまた二階へ戻っていく。

「ちゃんと布団《ふとん》かけて寝るんだぞ。寝相《ねぞう》が悪いから布団に逃げられてしまうんだ」

「うん」

二階から父親をなだめる素直な返事が返ってきた。

翌朝、金八先生は幸作の顔をゆっくり見る暇《ひま》もなく、いちばんに家をとびだした。まだゴミの出されていない集積所にポリ袋を置き、あたふたと学校への道を急ぐ。昨夜、あのあと国井教頭から電話があって、臨時の早朝会議を開くことを知らされたのだ。その会議で、昨夜のチューのニュースが本当かどうかもわかるだろう。早足で土手の道を歩いていくと、すぐに額《ひたい》にじんわり汗がふき出しはじめた。時間を気にして小走りになる金八先生の背後から轟音《ごうおん》が近づいてきて、脇《わき》で止まった。やはり招集《しょうしゅう》をかけられたライダー小田切《おだぎり》である。ご自慢のバイクが朝日にぴかぴか光っている。

英語担当の小田切先生はさっぱりした気質《きしつ》の若手《わかて》教師だったが、ことバイクに関してだけは頑固《がんこ》で、国井教頭の再三の注意や皮肉にもめげず、バイク通勤を死守《ししゅ》している。ただでさえ、男子生徒はバイクに乗りたくて仕方がないのに、目の前でGTOを自称するライダー小田切に派手《はで》に走り回られたのでは寝た子を起こすようなものだと、教頭は顔をしかめた。校長や教頭の頭の中ではバイクの三文字と非行や暴走族という言葉が直結《ちょっけつ》していた。それに対し、車よりは省エネ、正しく乗ればバイクそのものは決して危険なものではないというのが若い小田切先生の言い分だ。管理職には評判の悪いライダー小田切のバイクだが、金八先生や生徒にとっては歓迎《かんげい》されている。フットワークの軽いライダー小田切は、急ぎの用事や使いをこころよく頼まれてくれたし、時には冷や汗でびっしょりの金八先生を乗せてぶっ飛ばしていくこともある。もちろん慎重にだが、後ろに乗せてもらった生徒は大喜びだった。

金八先生はじっさいのところ何度乗ってもこの乗り物に慣《な》れなかったが、背に腹はかえられず、ライダー小田切の投げてよこしたメットをつけると、後ろにまたがった。

職員室には緊急会議のために、すでに教師たちと地域教育協議会会長の吉田も来ていた。今度ばかりはチューの情報も本物だったらしい。昨夜の協議の結果、桜中学の和田校長が教育委員長として登板《とうばん》することに落ち着いたらしい。吉田の報告を聞いて舞い上がっているのは、和田校長よりも国井教頭の方である。和田校長がふだんと変わらず落ち着いているのに対し、国井教頭はそわそわとワントーン高いはずんだ声でお祝いを述べた。

「ご葬儀の後の緊急会議ということで、もしやと思っておりました。おめでとうございます、校長先生」

「いや、おめでとうと言われても、この時期、前教育長ほどの力も手腕《しゅわん》も私には不足しているので、ただ一生懸命、教育改革の実《じつ》をあげるためにがんばるだけですが」

「がんばってください、校長先生」

「正直言って、三年の担任は今、先生に去られることはどんなに心細いかわかりません。しかし、本校のことだけでなく、地区全体の教育を考えるとき、わがままは言えません。がんばってください。ただし、くれぐれも無理はなさらないように」

口ぐちに祝福され、校長は感激して頭をさげた。みんなが和田校長との別れを惜しむなか、もうひとりいそいそとしているのは北先生で、あからさまに国井教頭の方を見やりながら、もみ手でたずねる。

「となると、本校の校長先生は？」

「ホホホ、それは都《と》の方もお考えでしょうし……」

国井教頭はうわずった笑い声をあげた。しかし、若手のライダー小田切などにとっては、管理職間《かん》の交代劇などあまり興味をそそる話題ではないようだ。

「学年のなかばだし、あまり面倒《めんどう》かけなくても、このまま教頭先生が上がってくれれば、世話なしですよ」

「なにを、小田切先生、面倒ではなくてやはりちゃんと協議をしていただかなくては」

国井教頭は過剰《かじょう》に力をこめて反対したが、うれしそうなのは隠せない。うきうきとした二人の様子《ようす》を見比べて、花子先生が言った。

「それで教頭先生は、順ぐりに北先生ですか」

「なにをなにを、本校には坂本先生に乾《いぬい》先生という先輩がおられるわけで」

そう言う北先生は、金八先生も乾先生も管理職志望でないことをよく知っている。

「いや、私は管理職試験は受けておりません」

「右に同じく」

乾先生が冷たく答え、金八先生も昇進《しょうしん》のチャンスに目の眩《くら》んでいるらしい北先生をにらんだ。

「では教頭先生ほか諸先生方《がた》、どうか、あとのことはよろしく」

「はい、それはもう校長先生のお名を汚《けが》すようなことは決して」

国井教頭はいつにもまして愛想《あいそ》よく、はりきって誓った。グランドからは部活の朝練《あされん》のかけ声が聞こえはじめ、桜中学のいつもの朝がはじまった。

その朝、幸作はだるい体《からだ》を無理に布団《ふとん》からひきはがすようにして起きた。いつものように朝食をつくり、片づけは乙女にまかせていつもの時刻に家を出た。やはり食欲はなかったが、熱も咳《せき》もない。足もとが少しふらついたが、食べていないせいと自分に言い聞かせて歩いて行き、土手の道で同じ青嵐《せいらん》高校の恵美《えみ》と真規子《まきこ》、修三《しゅうぞう》といっしょになった。高二になっても、中学時代の友達は気がおけなくて会えば楽しく、朝のひと時ふざけながら駅へ向かうのは日課になっていた。けれど、今日の幸作は口数が少なく、肩で息をしながらなんとかグループについて歩いていたが、駅の手前まで来てついに立ち止まった。

「おれ、今日、休むわ」

「なんで?」

恵美が丸い目で幸作を見上げる。

「なんか、調子出ねえ」

「中間テストが近いもんねえ」

真規子《まきこ》が嘆《なげ》いた。高校へ入ってから勉強が急に難《むずか》しく、量も増《ふ》えて、まじめな真規子は予習復習に追われる毎日だ。のんびりマイペースを決めこんでいる幸作は、二学期もはじまったばかりでテストのことなどまだ頭になかったが、逆《さか》らわず、真規子に話をあわせると、手をふって別れた。電車が来たらしく、恵美たちは幸作にかまわず、だっと改札口へ駆け込んだ。

引き返す道で、幸作は朝から近隣《きんりん》パトロールに余念《よねん》のない大森巡査《じゅんさ》に出くわした。自転車が左右に蛇行《だこう》して走るので、遠目《とおめ》にも大森巡査だとすぐわかる。金八先生とこの巡査は顔さえ合わせれば口げんかをしていたが、心の底では仲がよく、けんかの息もぴったりあっている。巡査のことをわざとあおったり、あるいはからかい半分に無視したりする父親と違って、寂しがりやの幸作はいつも素直で愛想がよかった。人なつこい笑みを浮かべて、自分から〝大森さん〟と挨拶してくれるこの少年を、巡査は小さいときからかわいがっている。平和で小さな町をいつもひとり自転車でパトロールしつづける大森巡査もまた、孤独だったのである。

「どすた？　幸作、忘れもんか？」

元気に声をかけたが、返ってきたのはうなずきだけだったので、巡査はちょっとがっかりした。そして駅の周辺をひとまわりしてから戻って来て、巡査は驚いた。さっき会ったところからほとんど進んでいない場所で、幸作が真《ま》っ青《さお》な顔をしてうずくまっていたからである。

早朝会議がすんで、金八先生ははずんだ足どりの国井教頭の後について校長室に入った。

今日から三Bに編入される予定の転校生と保護者の二組が、すでに背筋をのばしてソファにすわっていた。一組は利発そうな顔つきだがかげりのある成迫政則《なるさこまさのり》と池内先生、もう一組は鶴本直《つるもとなお》というボーイッシュな感じの女の子とその母親、成美《なるみ》だ。国井教頭と金八先生が丁寧《ていねい》に挨拶《あいさつ》するが、二人の転校生は無表情だ。直《なお》の母親は品定《しなさだ》めするかのような厳《きび》しい表情をうかべており、池内先生だけがにこやかに挨拶《あいさつ》を返した。国井教頭も金八先生も、池内先生にとっては昔の同僚《どうりょう》なのだが、〝先生〟と呼ばれるのを、池内先生はやんわりとさえぎった。

「私、先生じゃありません。私はこの子の保護者、PTAにも親子会にもちゃんと出席しますからどうぞよろしく、ね」

金八先生が昔、池内家に下宿《げしゅく》していたとき、まだやんちゃ盛《ざか》りの小学生だった池内先生の一人息子の一郎は、今や立派な社会人である。池内先生の母親、亡きおシカ婆さんは昔気質《かたぎ》の情にあつい人で、娘と同様、困った子どもをほうっておけないたちだった。思えば何人の子どもたちが、ここを第二の〝実家〟として頼りにしてきただろうか。惨事《さんじ》に見《み》舞《ま》われ、突如《とつじょ》みなしご同然となった政則は、いわばかくまわれるような形で、池内家に下宿することになったのである。この家で、政則が傷ついた心を休め、癒《いや》されてくれれば、と金八先生は祈っていた。

二人をつれて教室へ向かうと、すでにA組、C組の朝の学活《がっかつ》は始まっているらしく、真ん中のB組の教室からだけ、騒がしい声が聞こえている。金八先生がドアをあけると、走り回っていた儀《ただし》や香織《かおり》たちがあわててバタバタと席についた。女子はいくつかのグループに分かれておしゃべりをし、陽子は我関《われ》せずと参考書の上にかがみこんでいる。

「おはようございます!」

学級委員の健介《けんすけ》が号令をかけ、皆の目がいっせいに、金八先生とともにやってきた新入りの上にそそがれる。

「はい、では今日からこの三Bの仲間となる二人を紹介します。成迫政則《なるさこまさのり》君、静岡から来ました」

政則は無表情で形式的に会釈《えしゃく》をした。

「そして、こちらは鶴本直《つるもとなお》さんで」

長谷川賢《はせがわけん》は政則と並んで立っている一風《いっぷう》変わった雰囲気《ふんいき》の少女を見て思わずあっと小さな声をあげた。部活を引退した後も名残《なご》り惜しく、賢《けん》はよく下級生に混《ま》じってサッカー部の朝練《あされん》に参加していたが、今朝《けさ》、あらぬ方角へそれてしまったボールを拾ってくれたのが

転校生・鶴本直の異様に長いスカートは、生徒たちの目を引いた。

直《なお》であった。直の足元にボールが転がっていったので賢が屈託《くったく》なく「お願いしまあす」と声をかけると、その見知らぬ女生徒はにこりともせずにボールを蹴《け》った。賢の胸に一直線に飛び込んだボールは、女子のものとは思えないスピードで、賢も下級生もあっけにとられて彼女の後ろ姿を見送ったのである。同じ桜中の制服ではあるが、長すぎるスカートが異様だった。金八先生が紹介すると同時に、香織《かおり》が素《す》っ頓狂《とんきょう》な声をあげた。

「超スカ長い!」

全員が膝小僧《ひざこぞう》を見せる長さの女子の制服の中にあって、くるぶし近くまでの伸ばした直《なお》のスカートは、たしかに目立つ。香織の合図《あいず》を待っていたかのように教室がざわつきはじめるが、直はちらと香織を見やっただけでこちらもまた政則と同様、表情ひとつ変えない。直の代わりに教室の後方に立って様子を眺めていた母親の成美《なるみ》が答えた。

「校則違反はしておりませんよ。スカートの長さは好みの問題で、鶴本家はミニスカートにルーズソックスは好みではないの」

声の主《ぬし》を探していっせいにふりかえる生徒たちを、成美は文句を言わせないといった目で見渡した。いちぶの隙もない服装、能面のようにととのった顔にはなんともいえない威《い》圧感《あっかん》がある。

「なんか、ヤバーっ、な、な、な」

本人は小さいつもりでもよく通る声で儀《ただし》が言うのを、金八先生は制した。

「いや、お母さんのおっしゃるとおりさ。では席につきましょう。政則はそこ、直さんはそこの空《あ》いた席、慣《な》れるまでは隣りの者がフォローする、いいね」

「いいとも！」

金八先生の忠臣《ちゅうしん》を自称するチューが元気よく答えた。

「と言うと思った！」

バカにしたようにひと言評《こと》したのは、美紀《みき》だ。今日はちょっとおもしろくなる。新入りを品定めしなくては……。

時間をとられた金八先生は、急いで出席をとりはじめた。学級委員の青沼《あおぬま》美保の生真面目《きまじめ》そうな返事。今井儀《ただし》の傍若無人《ぼうじゃくぶじん》の大きな声。江藤直美《なおみ》の消え入りそうな返事。

「元気ないな、直美」

金八先生に言われて、よけいに恥ずかしそうに口ごもる直美を、一同が小《こ》ばかにしたように笑う。直美は顔を隠すようにうつむいている。美紀は自分の名が呼ばれると、後ろの席についた直をふりかえりながら、ひときわ明るい声で返事をして、自分をアピールした。直がどのグループに組み入れられるのか、女子はみな興味津々《しんしん》である。スガッチこと菅《すが》俊大《としひろ》は元気いっぱいに答えるが、遅刻常習《じょうしゅう》犯の信太宏文《のぶたひろふみ》の返事は今日もなく、金八先生はため息をつく。長谷川賢のきりっとした返事。サービス精神旺盛《おうせい》なチューはただの返事では気がすまないらしく、「ヘイヘイ、ここに居《お》ります」とおどけてみせる。笑い声が起こるなか、直《なお》と政則《まさのり》だけは無関心にすわっている。なごやかな教室の金八先生の声とだぶって、廊下から言い争う声と足音が近づいてきた。いきなりガラリとドアがあいて姿をあらわしたのは大森巡査《じゅんさ》だ。

「ちょっと待ってと言ってんのに！」

踏み込もうとする大森巡査を、甲高《かん》い声で制止《せいし》しようとしているのは、花子先生だ。巡査の制服を見て、政則がぎくりと顔色をかえ、体をこわばらせたのに目をとめた金八先生は、軽い調子を装《よそお》って、巡査を教室の外へ押し戻した。

「ちょっと待った、桜中学とは制服が違うから教室へは入れられませんよ」

「あほか、そったらふざけてる場合ではねえ」

たちまち儀《ただし》が大きな声で野次《やじ》る。

「先生、何やったんだ？　万引き？　ナンパ？　機密費《きみつひ》つまみ食い？」

「バカ、金八先生がそんなこと」

むきになって儀《ただし》をにらむチューの言葉をスガッチがひきとる。

「しないとはかぎらない」

「人間だもんなぁ」

と健富《けんとみ》も茶々を入れる。

「いいから、朝の十分間読書にかかって。静かに」

金八先生はざわつきはじめた生徒たちにそう言うと、ドアを後ろ手にしめて廊下に出た。

大森巡査が大きな目をいっそうぎろぎろさせて金八先生の肩をつかんだ。

「おめサ、すぐに安井病院へ行くべし！」

「病院に？」

「教え子も大事だべさ。けんどわが子のことさ、もっと気にしたらどうなんだ。幸作サ、駅から引き返したのと会ったども、忘れもんかと聞いたのに、あのせがれ、途中でしゃがみこんどったんだど。真《ま》っ青《さお》な顔サして」

「なんでそれを先に言ってくれなかったんですか！」

たった今まで大森巡査をひきとめるのに必死だった花子先生が、今度はとがめるように叫んだ。巡査はいらいらと腕を振り回した。

「うるさい！　呼んでくるから待ってろの一点張りじゃながったか」

「それは警官が学校内に立ち入ることは」

「それを官僚的と言うんだ。おまけに本官はただの警察官ではない、おまわりさんだ！」

花子先生に向かって唾《つば》をとばしてわめく大森巡査に、金八先生がやっと口をはさむ。

「それで、幸作は？」

「あんな元気ない幸作は見たこともなし、ふつうだばなかった。急げ、安井病院！」

「いらしてください、坂本先生！　私、一時間目は空《あ》きです。自習引き受けます」

二人の気迫《きはく》に押されるようにして、金八先生は教室の生徒たちに言った。

「悪い。急用ができました。すぐに戻るけど、あとは花子先生が見てくれるから」

「やったーっ」

「花ちゃーん！」

たちまち、男子生徒の歓声《かんせい》があがる。

「それじゃ、よろしくお願いします」

教室の後方から事の成り行きを見守っている成美《なるみ》の射《い》るような眼差《まなざ》しにも気づかず、金八先生は花子先生にぺこりと頭を下げると、大森巡査にひっぱられながら教室を後にした。

今日は朝から、なんとめまぐるしい日であろうか。

「もう、だから朝飯《めし》はちゃんと食っていけと言ったのに」

ぶつぶつ言いながらも心配な金八先生は、土手の道を髪をなびかせ、全速力で自転車を漕《こ》いでいく。すると、向こうから、のんびりした歩調《ほちょう》でふらふらとやってくる制服の少年がいる。

「信太《のぶた》！」

金八先生の頭痛《ずつう》の種《たね》、遅刻魔の信太宏文《のぶたひろふみ》だ。担任に見つかって、宏文は挨拶《あいさつ》代わりに気の抜けたような声をあげた。

「ありゃあ」

「ありゃあじゃない！　だいたい、道草《みちくさ》というもんはな、学校の帰りにくうもんなのに、まったくおまえという奴は、朝から道草くってるんだから、どういうつもりだ」

「ちらっと遅刻」

担任の怒鳴《どな》り声などどこ吹く風と宏文はへらへら笑っている。

「ところで先生は、早退？」

思わずずっこけそうになりながら、金八先生は来た道を指した。

「人の世話やく前にさっさと学校へ行きなさい！」

学校と聞いても宏文は他人事のような顔をしている。

「助《すけ》っ人がほしいなら、ついて行ってやってもいいよ」

「アホンダラ」

「そのかわり遅刻は取り消し、課外授業になるもんね」

「もっと、アホンダラ！」

金八先生は相変わらず、にこにこと金八先生の前から動こうとしない宏文の尻《しり》をたたき、背中を押しやると、ふたたび自転車にまたがり、先を急いだ。

肩で息をしながら安井病院に駆け込むと、廊下でばったり、ちはるの父親、安井先生に出会った。

「やあ、授業があったのでしょう。電話でもよかったんですが」

安井先生のいつもと変わらぬ落ち着いた顔を見て、金八先生は安堵《あんど》とともに全身から力が抜けていくのを感じ、心の中で重態《じゅうたい》のように大げさな口ぶりだった大森巡査をののしった。

「なんだ……とにかく病院へ行けと脅《おど》かされて、何事《なにごと》かと思いました」

「ええ、ちょっと気になることがあるので、検査入院の承諾《しょうだく》をいただきたかったので」

「検査入院？」

金八先生は、安井先生がどんな事態でも落ち着いた口調《くちょう》をくずさない人間であることを忘れている。ポーカーフェイスの医師はなにげなく続けた。

「それで、寝巻きとか歯ブラシ、湯のみなど、あとで乙女さんにでも届《とど》けてもらえばけっこうですから」

「待ってください。その検査入院って、今日からですか？」

「はい」

安井先生の口調《くちょう》は愛想《あいそ》よく穏《おだ》やかだが、その目に微笑はない。金八先生の胸に一抹《いちまつ》の不安がよぎった。しかし、安井先生はそれ以上は言わずに、一礼して金八先生を残して行ってしまった。ともかくは、三時間目の始まる前に戻らなければならない。金八先生は廊下の公衆電話から、乙女の携帯《けいたい》に電話をかけるが、何度かけても受話器の向こうから帰ってくるのは、電源が入っていないことを告げる機械的なメッセージだけだ。

「乙女のアホンダラが、こういうことがあるんだから、ケータイはちゃんと生かしておけ！」

金八先生はいらいらと受話器を置くと、再びガタガタと音をたてる古い自転車にまたがり、わが家へ急いだ。商店街を抜けるとき、誰かが呼んだような気がしたが、かまわず走り抜けた。家の前で自転車を投げ出すように置くと、金八先生は狭《せま》い階段をかけのぼり、ふだん足を踏み入れたことのない幸作の部屋にとびこんだ。

「よりによって転校生が来たという日に、乙女はつかまらないし、わけのわからん検査入院だなんて、人を脅《おど》かすにもほどがある……」

吐き出すようにひとりごとを言いながら、金八先生は幸作のスポーツバッグの中に、手当たり次第に下着やそのへんにあった本などを放り込んだ。机の上の目覚《ざま》し時計をわしづかみにして、ふと飾《かざ》ってある写真立てに目をやると、ちはるをはさんで幸作と健次郎が笑っている。中学に入った頃の写真だろうか。ひきこもりの兄に家庭内暴力、姉の死とすっかり家庭がめちゃめちゃに崩壊《ほうかい》し、健次郎は荒れ、学校で孤立《こりつ》した時期がある。家庭の事情を知らない友達がみんな離れて健次郎が孤立したとき、味方についたのはちはると幸作だけだった。厳密《げんみつ》には、幸作はちはると金八先生に頼まれてしぶしぶ健次郎のガード役をひきうけたのだが。幸作は恋敵《がたき》でもある健次郎を二重に憎んでいたにもかかわらず、やはり健次郎を見捨てることができなかったのである。今では健次郎は幸作の大の親友だ。

よく見ると、写真の健次郎の顔にマジックで×点をつけ、それを拭《ぬぐ》った痕《あと》がある。金八先生はふと胸を突かれて手をのばし、ついでぎくりとした。写真立ての横に無造作《むぞうさ》に置かれていたのは、コンドームの箱だった。体こそ大きいものの、末っ子で屈託《くったく》ない性格の幸作を、金八先生はどこかで子ども扱《あつか》いしていた。頭の中でさまざまな考えが渦巻《うずま》いたが、混乱した思いに無理やり蓋《ふた》をして、金八先生は再び病院へ向かった。

運が悪い日というのはたしかにある。途中、衝撃《しょうげき》を感じたと思った次の瞬間、金八先生はつんのめって、投げ出されそうになった。荷台からスポーツバッグが転《ころ》げ落ちた。どうやらパンクしたらしい。

「なんで、こういう時にぃ」

金八先生が立ち往生《おうじょう》していると、横に高級車が急停車した。窓があいて顔を出したのは、直《なお》の母親の成美《なるみ》だった。学校からの帰りなのだろう。成美の顔を見て、金八先生は今《いま》更《さら》ながら成美に挨拶《あいさつ》もなく飛び出してきてしまったことに気づき、冷《ひ》や汗をかいた。

「あ、あ、あ、お母さん」

「お急ぎのようですから、よろしかったらどうぞ」

慌《あわ》ててどもっている金八先生に、成美は優雅《ゆうが》に言った。

「そうですか、助かります。お願いします！」

助手席にすわったものの、会話の糸口となりそうなうまい言葉が見つからない。敵意というのではないが、何かしらとっつきにくい雰囲気《ふんいき》を成美はまとっていた。居心地《いごこち》悪く成美の横顔をちらちらと見やるうちに、車はすべるように安井病院へついた。

三人部屋の病室の片隅《かたすみ》に、幸作は所在《しょざい》なげにすわっていた。カーテン越《ご》しにときどき老人の咳《せ》き込む声が聞こえてくるほか、日常から切り離された病室に何の音もない。スポーツバッグを手にした金八先生がばたばたとやって来ると、幸作はうれしそうに立ち上がった。

「とりあえずつっこんできたから、足りないものはまた夜にでも届《とど》ける」

「そんなに長く入院するわけ？」

幸作は驚いて父親の顔を見返すが、金八先生も答えを知るわけではない。

「夜、安井先生にくわしく聞くことになってる。それじゃ父ちゃん、行かなきゃならないけど、大丈夫だな」

ばたばたと出て行こうとすると、幸作はすねたように口をとがらせてひきとめた。

「大丈夫なもんか」

昨夜のように「大丈夫、大丈夫」と手をふるとばかり思っていた金八先生は、はっとして幸作を見た。大森巡査《じゅんさ》が言っていたほど、具合悪そうな感じではない。けれど、どこかおびえている風《ふう》である。母親を病院で亡くしたせいだろうか、幸作は病院を嫌っていた。丈夫が取り柄《え》とめったに風邪《かぜ》もひかず、もちろん入院したこともない。突然、病院へかつぎこまれて面食《めんく》らっているのだろう。

「血いっぱい採《と》られたんだぞ」

駄々《だだ》っ子のように怒って言った幸作の言葉をきいて、金八先生は少しほっとした。幸作は慣《な》れない病院で寂しがっているだけなんだろう。

「そりゃ、検査なんだから仕方ないだろ」

「ぜんぜん手加減《かげん》ねえからさ、ただでさえめまいがしてたのに、もう目がまわってたまんねえよ」

「だから、いつも朝飯《めし》はちゃんと食えと言ってるだろうが」

ふだんの調子で金八先生に怒られて、幸作はやっと甘えたような笑顔を見せた。

「だからさ、夜来るとき、姉ちゃんになんかうまいもん持ってこさせてよ。チョコレートとかカップ麺《めん》とか、ハンバーガー、アイス、栗《くり》まんじゅう、たこ焼き……」

いつもの幸作だ。金八先生は安心すると同時になかば呆《あき》れながら、息子を眺めた。

「バカタレ、いっぺんにそんだけ食ったら、何でもなくても腹こわす」

中休みまでには学校へ戻れそうだ。転校初日の政則《まさのり》と直《なお》のことが気にかかる。

「どうもすみませんでしたっ」

金八先生が職員室へ駆けこんでくると、花子先生が唇《くちびる》の前で指を一本たてた。職員室に重苦しい空気がたちこめている。電話の前に国井教頭ががっくりと肩を落としてすわり、その脇に北先生が憤慨《ふんがい》した顔で立っていた。教育委員会からの電話を受けたばかりだという。教頭の国井先生が校長になる辞令だと思ってとった電話は、松ヶ崎中学の千田先生が新校長として桜中学へ移ってくるという連絡の電話だった。期待を裏切られた国井教頭は無口になり、北先生は誰《だれ》にともなくまくしたてている。

「ばかな! 何も松ヶ崎から来てもらわなくても、本校には国井教頭先生がいるじゃないですか! 和田校長が教育委員会にあがった以上、新校長には国井教頭が推《お》されるものとばかり思っていたのに」

「ついでに教頭は北先生という計算、みごとに裏切られましたね」

「その通り!」

ライダー小田切《おだぎり》の言葉に思わず大きくあいづちを打ってしまってから、北先生はあわてて打ち消した。

「何を言ってるんですか、小田切先生。私は私のことより、本校にとってなぜ国井校長にならなかったのか理解できないんです!」

「おまけに、よりによって千田先生だなんて」

管理職のポスト争いとは無縁のはずの本田先生も、眉《まゆ》をひそめた。

「申しわけないけど、私、虫が好かないわ、あの千田先生は」

国井教頭がやっと冷静を保ちながら、本田先生をたしなめる。

「本田先生、先生と千田先生の間にお考えの相違《そうい》があったかも知れませんが、若い先生方《がた》に先入観を与えるような意見はつつしんでいただきます」

「でも……」

穏《おだ》やかな本田先生が悪口をいうというのは、よほどのことなのだろう。千田先生を知っている国井教頭にもその気持ちはわかるので、よけいに暗澹《あんたん》とした気持ちになる。一瞬の沈黙があって、口を開いたのは乾《いぬい》先生だった。

「いいじゃありませんか。国井教頭までが動くとなれば問題ですが、要《かなめ》の教頭先生がどっしりと居《い》てくだされば、私たちになんら異存はありません」

土壇場《どたんば》で頼りになるのは、やはり古い〝戦友〟の乾先生である。

「乾先生……」

国井教頭は思わず声を詰まらせた。

「そうですね、北先生、坂本先生」

乾先生にうながされて、北先生もあわてて同意し、やっと状況をのみこんだ金八先生も力強く応《こた》えた。

「そ、それはもう、われわれは教頭先生を一致団結して支えていくわけですから」

「今朝からあまりにいっぺんにいろんなことが起きて、まだ混乱しております。しかし教頭先生のもとで本校の生徒を守っていく決意には変わりありません」

「いいえ、先生方《がた》は私のことより生徒の方にしっかりと目を向けていただかなければなりません。それに、私ではなく、千田新校長のもとです」

国井教頭も乾先生の励ましを感じて、いつもの調子を取り戻したようである。じっさい、これまでも実質的な仕事のほとんどは、校長よりも国井教頭が仕切ってきたようなものなのだ。職員室にはりつめていた緊張がやわらぐと、本田先生はなにげなく金八先生のそばへやってきて、そっとたずねた。

「それで、幸作君はどうでしたの?」

「はあ、まだ、さっぱりはっきりしたことはわからなくて。夜にもう一度……」

二人の会話を耳にした花子先生が口をはさんだ。

「あら、和田校長先生と遠藤先生の送別会をやろうということに決まったんですよ」

「大丈夫です。少し遅れるかも知れませんが、必ず顔を出します」

いやな予感をふりはらいたくて、金八先生はつとめて軽い調子で答えるのだった。

チャイムが鳴り、金八先生が教室のドアをあけると、ちょうど後ろのドアから信太《のぶた》が出て行こうとしているところである。

「こら、おい、信太」

「れ、れ」

「れれじゃないの。今日も遅刻してきて、いったいおまえの滞空《たいくう》時間はいくらなんだ」

信太は朝、土手で会ったときと同じ、ゆるんだ笑みを浮かべ、悪びれるふうもない。

「へへ、人より遅く来たからさ、せめて帰りくらいは早くしないと悪いじゃん」

「そういうのを、減《へ》らず口という。さ、席に戻った、戻った」

「あーあ」

おおげさにため息をついた信太は、案外あっさりと自分の席に戻った。不登校の生徒のようにどうしても学校に居《い》るのが嫌《いや》というわけでもなさそうだ。ただ、席について、授業が始まっても信太の目は落ちつかなげにふらふらとさまよっている。心配していた二人の転校生はというと、いつのまにか一人トレパンに着替えている直《なお》の方は黒板をまっすぐに見つめ、授業に没頭しているようだが、政則《まさのり》は集中できない様子《ようす》でときどき宙を凝視《ぎょうし》したりしている。金八先生は放課後、政則を訪ねてみようと思った。

安井病院へ向かう途中で池内家に寄ると、池内先生と政則《まさのり》が二人きりの夕食をとっているところだった。池内先生は政則の様子《ようす》をさりげなく見守りながら、気遣《づか》って話しかけたりするのだが、政則は黙って頭を下げるばかりで、黙々《もくもく》と箸《はし》を動かしている。池内先生は、以前は元気なやんちゃ坊主だったという政則の今の姿が痛々しく、なんとか居心地《いごこち》よくさせてやりたいと思うのだった。

病気知らずの幸作が入院と聞いて、池内先生はびっくりしたようだった。眉《まゆ》をくもらす池内先生を見て、金八先生はもたげてくる不安をかき消すように、「ただの夏バテですよ」と笑う。半分は自分に言い聞かせる言葉だった。

「悪かったね、そんなわけで今日はばたばたしてしまって何もフォローしてやれなかったけど……」

金八先生はかしこまってすわっている政則に微笑《ほほえ》みかけたが、政則はうつむいたまま頭を下げた。

「どう？　何か問題あるかな」

しかし、声を出すことをおそれるかのように、政則は小さく首を横に振るだけだ。

「B組というのは、歴代《れきだい》がさつなのもいるけど、根っこはそんな悪いやつはいない。いや私がそう思っているだけかも知れないけど、がんばって仲間になってやってくれないか」

金八先生の励ましも政則の前では虚《むな》しい音の羅列《られつ》だった。今の政則は、自分が壊《こわ》れてしまわないためにすべてのエネルギーを費《つい》やさなければならない。クラスメートも担任教師も半透明の膜《まく》の向こう側にいて、まるで自分の体を遠隔操作《えんかくそうさ》しているような気分だった。

「ごちそうさまでした」

政則は機械的に手をあわせ、食べ終わった食器を流しに運《はこ》ぶと、金八先生と池内先生に目礼《もくれい》して部屋を出て行った。非の打ちどころのない態度には違いないのだが、政則の周りの空気だけが重く沈んでいる。まだ線の細い後ろ姿を見送って、金八先生はため息をついた。

「やっぱ、暗いですねえ」

「同じ十五でどんな思いをしたかと思うと、私、もう抱きしめてやりたくって」

政則の受けた傷がいつ癒《いや》されることがあるのか、金八先生にも池内先生にも想像がつかない。明るかった十五歳を奈落《ならく》に突き落とした事件はあまりに深刻で、金八先生には解決策も慰めの言葉も見つからなかった。ただ、池内先生のそばで政則がずたずたになった心を休ませることができたらと、今はそれだけを祈っている。

「よろしくお願いします。これ以上、転校させたくありませんからね」

そういって頭を下げる金八先生に、池内先生はしっかりとうなずきかえした。


病院では安井先生が院長室で金八先生が来るのを待ち受けていた。安井先生は机の上にカルテをとりだすと、おもむろにきりだした。

「今朝方《けさがた》採取した血液検査の結果が出ましたのでご相談なんですが、ふつう、この病気は経験のある医師や専門医の多い大学の付属病院などへの入院を勧《すす》めるところがあるんですが、うちには血液腫瘍《しゅよう》専門の先生もいるので、坂本先生がご承知になれば、幸作君はこのままうちでお預かりできるのですが」

驚いたのは金八先生の方だ。腫瘍《しゅよう》という単語が胸に突き刺さる。やはりただの夏風邪《かぜ》ではなかったのか。嫌《いや》な予感に胸がざわめいた。

「ちょっと待ってください、血液腫瘍というのはいったい」

「ひと言でいえば、血液の病気です」

「ひ、ひと言なんかでいわず、それはどういう病気なのか、私にわかるように言ってください」

だんだんに冷静さを欠いて安井先生につめよる金八先生に、安井先生は静かな口調《くちょう》で答えた。

「もう少し検査をしないとはっきりしたことは言えないのですが、悪性リンパ腫《しゅ》の疑いがあります」

「悪性リンパ……もしかして、それは白血病とかがんか何かのことですか」

「ま、血液のがんと考えてください」

安井先生の言葉は金八先生を一撃《いちげき》した。目の前が真っ白くなり、金八先生の頭の中で幸作と死がぐるぐるとうずまいた。幸作が死ぬ、幸作が死ぬ……安井先生の声が遠くでこだまのように揺れてひびいていた。

「一ヵ所のリンパ節から発症して全身のリンパ節が腫《は》れる病気で、原因はまだはっきりしていませんが、血液細胞の一つであるリンパ球ががん化して腫瘍《しゅよう》となったもので、それで幸作君は食欲不振、微熱《びねつ》、だるさがあったのでしょうね。……先生、坂本先生！　大丈夫ですか」

はっと、われにかえった金八先生は、安井先生にせっぱつまった視線を向け、ふるえる声でこたえた。

「大丈夫なんかじゃありませんが、大丈夫です。それで、あとどのくらい生きられるんですか」

「何を言っているんですか！　私どもは治療のために入院させたので、その治療も始まったばかりなんですよ」

「けど、がんと言ったじゃないですか！　あいつの母親もがんで死んだんですよ。まさかあいつに遺伝して……」

嗚咽《おえつ》が漏《も》れそうになって、金八先生は先を続けることができない。

「遺伝とか体質とか、それはごくまれであり、ほとんどのがんは遺伝しません」

「ほんとのことを言ってください、お願いします！　あいつには、あいつには最後の瞬間まで、あいつらしく生きてほしいというのが父親としての私の務《つと》めですから」

がっくりと頭をさげた金八先生の瞳《ひとみ》から、もうこらえきれずに涙が滂沱《ぼうだ》とこぼれ落ちる。

「落ち着いてくださいよ、坂本先生。だから何度も言うように、さらに検査を重ねますが、悪性リンパ腫《しゅ》としても、よほど手遅れだったり合併《がっぺい》症がないかぎり、現在では七、八割の患者さんが治《なお》っています」

「気休めなんか言わんでくださいっ」

そう叫ぶ金八先生の脳裏《のうり》に、妻の死がまざまざとよみがえる。あの時も、はじめはたんなる過労《かろう》だと思っていた。がんが見つかって切り取ったと思ったのもつかの間で、あっという間に全身をおかされ逝《い》ってしまった里美《さとみ》先生。あまりにもあっけなくやってきた死。血液のがんならば、切り取るわけにはいかない。若い幸作は、がんの進行も早いに違いない。幸作もまた母親のあとを追うのか……そう思うと同時に体がふるえてくるのを、金八先生は拳《こぶし》をにぎりしめてやっとおさえた。

「覚悟はできています。なんでも話してください」

悲愴《ひそう》な表情の金八先生を落ち着けようと、安井先生はゆっくりと言い含《ふく》めるように説明し始めた。

「医者は気休めなんか言いませんよ。それよりですね、病気の進行によって抗がん剤による化学療法や放射線療法をとるとですね、白血球が減少して抵抗力がなくなるため感染症《かんせんしょう》をひきおこすのが一番こわいのです。つまり、風邪《かぜ》をひくとそのまま肺炎《はいえん》になったり、怪我《けが》がきっかけで敗血症《はいけつしょう》になったりする危険があるので、油断はできんのです。だから入院させました」

安井先生は希望を与えるように話しているのだが、慎重に言葉を選んで説明しているらしい様子《ようす》を感じ取って、金八先生の心に不安が黒雲のようにひろがっていった。ひとしきり説明が終わっても、かっと目を見開いたまま動けないでいる金八先生を、安井先生はいたわるように見ていた。

「……先生は、今夜はこのままお帰りになったほうがいいな」

「あいつ、そんなに悪いのですか」

「いや、今は幸作君にとってもおたがいに精神的動揺は避けた方がいい」

たしかに、金八先生は今どんな顔で幸作を見たらいいのかわからなかった。今すぐ病室にとびこんで息子を胸にかき抱きたい衝動《しょうどう》をこらえ、金八先生は打ちのめされて病院を出た。

それからどんなふうに帰ってきたのか、覚えていない。明かりのないわが家へ戻った金八先生は、居間《いま》の里美《さとみ》先生の遺影《いえい》の前で畳《たたみ》に頭をすりつけて泣いていた。

「たのむ、お母ちゃん！　幸作を助けてください。すべてはおれの責任だ。あの子は悪いことなんか何もやっちゃいない。忙しいおやじを助けようと思って、あいつ、具合が悪いのをだまって、今朝も自分が食えない朝めし作ったりして……お母ちゃん、あいつを呼びにきたりしたら、おれはお母ちゃんを許さないからな。万一のときは、おれもあいつのあとを追っておまえのところへ行く。生きてなんかいないよ、絶対に！」

金八先生は頰《ほお》をとめどなく伝《つた》い落ちる涙をぬぐおうともせず、亡き妻をかきくどいた。何も知らずに上機嫌《じょうきげん》で帰ってきた乙女は、居間でぼろぼろに泣き崩《くず》れている父親の姿を見つけ、驚いて声をあげた。

「どうしたのよ、お父ちゃん！」

振り返る金八先生の目に、やりばのない不安と怒りがたぎっている。金八先生は無言で立ち上がりざま、乙女の頰《ほお》をはりとばした。不意をくらった乙女は悲鳴をあげて吹っとんだ。

「こんな時間まで、どこで何してたんだ！」

「たたかなくったっていいじゃない！」

これまで誰にも手をあげられたことのない乙女は、驚きと怒りで負けずに父親をにらみかえす。

「何度電話かけたって通じないんじゃ、なんのためのケータイだ」

「講演会があって、シンポジウムに行ったんだもの。電源切ってるのはマナーだわ」

「そうかい、それで幸作に何があってもマナーのほうが大事《だいじ》なのか！」

そういえば、幸作の姿が見えない。あらためて父親の取り乱しようを見て、乙女の顔から血の気がひいた。

「幸作？　幸作がどうかしたの？」

「が、がんなんだよ。あとどのくらいか、むずかしいことばっか言ってて、病院では何も教えてくれないんだよ」

そう言って、金八先生は恥も外聞《がいぶん》もなく、乙女の肩にしがみついて泣いた。

「幸作が……」

一瞬、意味がわからず、ぼうっとなった乙女の体から力が抜けていく。父親の重みを支えきれずに、乙女は畳《たたみ》の上にべったりとすわりこんだ。泣いている父親の肩に反射的に手をまわし呆然《ぼうぜん》と抱き合っていた乙女は、肩越しになま暖かい涙を感じてはっとわれにかえり、同時に弟の死を思った。

「いやーっ、そんなのいやーっ」

乙女の叫び声が部屋の空気を切り裂《さ》いた。

乙女にぽつりぽつりと話をしながら、ようやく金八先生は父親としての自覚をとりもどした。そうしてみると、今、幸作がどうしているか気になって仕方がない。苦しんでいるのではないだろうか。朝、夕方に行くと言ったから、家族が来るのをずっと待っているだろう。乙女は黙りこくっている。突然、電話のベルが鳴って、金八先生はわしづかみに受話器をとった。受話器の向こうから、少しくもった幸作の声だ。

「幸作……どうしたんだ幸作！」

「どうもこうもねえよ、おれ、帰りてえ」

幸作の心細そうな声を聞き、また涙が出てきそうになって、金八先生は狼狽《ろうばい》した。

「ば、ばか。ただで入院してるんじゃないんだよ、幼稚園児《じ》みたいなことを言うんじゃない、なにがお家《うち》へ帰りたいだ」

「だって、明日も血抜かれるんじゃ、おれ、やってらんね」

「アホ、バカ、意気地《いくじ》なし。明日、姉ちゃんがうまいもん持っていくから、栄養つけてまっかっかな血を好きなだけとってもらえ」

動揺を気づかれまいとして、金八先生は空元気《から》をふりしぼった。

「まぬけ親父のわからずや。おれ、泣くぞ」

「おう、父ちゃんも泣いてやるから、好きなだけ泣け、アホンダラ」

父親のいつもの応酬《おうしゆう》を聞くと、幸作はあっさりと言った。

「そんじゃ、おやすみ」

「なに？」

「声きいたから、ううん、聞かしてやったから安心したろ、じゃバイバイ」

電話はぷつりと切れた。幸作の笑顔が目にうかぶようだ。心配されているのは自分の方だったと知って、金八先生の胸は痛んだ。


病院の廊下《ろうか》の端にある公衆電話の受話器を置くと、幸作は目まいにおそわれてそのままそこへしゃがみこんだ。

「幸作！」

廊下にうずくまっている幸作を最初に見つけて、駆け寄ってきたのは、ちはるだった。

「どうしたのよ。パパから幸作が来てると聞いたから、病室に行ったのに、いないんだもの」

「うん……」

ちはるをあおぎ見て、幸作はなんとか笑顔をつくろうとするが、口元が苦しげにゆがむだけだ。ずるずるとくずおれる幸作を必死でささえながら、ちはるは叫んだ。

「幸作！　看護婦さん！　誰か来て！」

ストレッチャーの車輪のきしみと、人の足音。向こうの方から乙女の呼び声も聞こえたようである。

かすんでいく天井《てんじょう》を見ながら、幸作はちはるの腕の中に沈んでいった。

II　謎《なぞ》の転校生

後ろに飛び乗ったスガッチから胸に腕をまわされた直は、その腕を必死に振りほどくが…。

転校初日にして、直《なお》はすでに三Bの教室で特異な位置を築《きず》きつつあった。朝のホームルームが終わると、直は成美《なるみ》に付き添《そ》われて、まっすぐ保健室へ行った。丈《たけ》を長くした女子の制服を、さらに首から足首まですっぽり隠すジャージに着替えるためである。

「かまわないんですよ、保健室というのはどの子にも気軽に自由に出入りしてほしい居《い》場所《ばしょ》なんですから」

本田先生が転校生を気づかって、カーテンのむこうで着替える直にわざと聞こえるように話しかけるが、代わりに成美が不平がましく答えた。

「それにしても、更衣室《こういしつ》のない学校ってどういうのでしょうか。だから私立に生徒をとられるんでしょうけれど」

ショートカットですらりとした直のトレパン姿は、華奢《きゃしゃ》な少年のようでもある。

「帰りもここで着替えるでしょ。私が預かっておいてあげるから、そのハンガーにかけておきなさい」

本田先生の言葉に、直は素直にハンガーに制服のスカートをかけた。口数こそ少ないがてきぱきとした動きは決して内気《うちき》な少女でもなさそうで、本田先生は不思議そうに直とすました顔つきの成美を見比べたのだった。

休み時間になると、興味津々《しんしん》の三Bたちがたちまち直をとりまいた。

「よう、おれ、俊大《としひろ》。通称スガッチ」

「あ、そう」

直はお調子者《ちょうしもの》らしい男子生徒に見向きもしない。

「へえ、わりかし態度でかいじゃん。女子はもっとかわいくないとモテないぜ」

そっけなく無視されて少々傷ついたスガッチがからむのを、新入りはひと言で切り捨てた。

「差別」

容赦《ようしゃ》なく男子をやりこめる直の様子《ようす》を見て、今度は女生徒が興味を示す。

「で、もう彼氏いるんだ。どんな子?」

香織《かおり》は直の媚《こ》びない、余裕に満ちた態度を、もう彼氏がいるせいとふんだらしい。

「関係ない」

あまりの愛想《あいそう》のなさに、里佳《りか》がむっとしたようだ。

「かっこつけてんだか、色気ないんだか」

「色気は大事ですよぉ。これからは男でも女でも」

おどけて体をくねらすスガッチを、直は鋭《するど》い瞳《ひとみ》で射《い》る。グループのリーダー格で気の強そうな美紀《みき》は、スガッチのアプローチを見て、バカにしたようにつんと顎《あご》をあげた。

「やめとけよ、スガッチ。おまえが思っているほど、おまえの色気はだれにでも通じないの」

「けどさ、こいつだって超なげえスカートとトレパンじゃ、ぜんぜん色気なしだぜ」

いつもスガッチとつるんでいる儀《ただし》も横からからんでくる。

「かっこつけてるだけだよね、ねえ」

茶化す男子から守ってあげるといわんばかりに親しげに話しかけた美紀《みき》をも、直は相手にしなかった。美紀たちも口を出せないとみると、俄然《がぜん》、儀《ただし》がはりきって挑発《ちょうはつ》をはじめ、たちまち騒ぎになっていく。

「おまえ、入《い》れ墨《ずみ》入れてるんじゃねえのか。前の学校の誰《だれ》か命《いのち》とか」

「足なし幽霊《ゆうれい》かよ、ヒャッヒャッヒャッ」

「見せてえ、きれいなあんよ、見せてよぉ。ほら、スガッチがよだれたらして待ってるじゃんか、ほーら、ほら」

無視をきめこんでいた直は、儀《ただし》のあまりのしつこさに机を乱暴に押しやった。女子が大げさに悲鳴をあげる。不意をつかれてしりもちをついた儀《ただし》が、かっとなって直の肩に手をのばし、反射的に立ち上がった直とにらみ合う格好になった。その瞬間、賢《けん》のスポチャン刀が儀《ただし》の頭をポカリと打った。

「面！　一本！」

「なんだよ、おまえはぁ」

ふりかえる儀《ただし》に向かって、賢《けん》はいたずらっぽい目でスポンジ製の刀をかまえている。

「勝負アリ、それまで！」

と外野の声。とたんに険悪なムードは間の抜けた構図にすりかわる。儀《ただし》は賢《けん》たちとじゃれあいはじめ、直は何事もなかったように机をなおし、平然と席についた。

「あんたたち、来たばっかの女の子にへんなまねすんな！」

美紀が男子たちにきつい口調で言って、直の味方であることをアピールする。

「大丈夫よ、鶴本さん。三Bの男子は全部アホだけど、私たちがついてるから」

美紀グループの里佳《りか》は親しそうに直の肩に手をかけようとするが、直は無言ですっと体をかわしてその手を避《さ》けた。気を悪くした里佳が訴《うった》えるように美紀を見ると、メンツをつぶされた美紀の表情もかたい。美紀に「変な子」というレッテルを貼《は》られることは、三

Bの女子の半分を敵にまわしたも同然である。直は三Bでの最初の十分間で変わり者という特別な存在になったわけである。直が目立ったぶん、政則《まさのり》は陰《かげ》にかくれて印象のうすい転校生となった。暗く、反応のない政則には、およそ無遠慮《ぶえんりょ》なスガッチでさえ、ちょっかいを出しにくい雰囲気《ふんいき》があった。政則もまた「変な奴」ではあったが、ほとんど放《ほう》っておかれた。それはなるべく目立たないように心がけている政則には好都合《こうつごう》なことでもあった。

翌朝、登校ラッシュの土手の道で、長いスカートをひるがえして自転車をこぐ直《なお》の姿は桜中の生徒たちの目をひいた。スガッチも例外ではない。すずしい顔で自転車でこいでいく直をみとめて、スガッチは目を輝かせた。昨日の雪辱戦《せつじょくせん》である。

「いただきーっ」

直が通り過ぎようとした瞬間をとらえて、スガッチはひらりと自転車の荷台《にだい》にとびのった。その両腕をがっきとばかりに直の胸にまわす。直は嫌悪《けんお》に激しく顔をゆがめるとハンドルから手を離し、スガッチの手を力いっぱいにひきはがした。たちまち、自転車はバランスをくずし、二人はいっしょに倒れるなり、みなの見守る中、自転車もろとも土手の斜《しゃ》面《めん》を転げ落ちていった。

三Bの生徒が事故ときいて血相《けつそう》かえた金八先生が保健室へかけつけると、上半身裸《はだか》のスガッチが本田先生の手当てをうけて悲鳴をあげているところだ。

「イテテテ、ハンサム台なしかなぁ」

金八先生はため息をついた。目のあたりがはれぼったい。

「お願いだから、もうこれ以上心配の種《たね》をふやさないでくれよな」

「ほんとよ、骨折していないのが不思議なくらいよ。見なさい、あざだらけで」

なかばあきれ顔でスガッチの体に薬を塗《ぬ》ってやりながら、本田先生はカーテンの向こうがわへ声をかけた。

「鶴本さん、あなたもよ。見てあげるから、肩と背中見せてごらん」

とたんにカーテンの合わせ目が内側からしっかりとおさえられた。

「大丈夫です、どこもなんともないです」

中からはじき返すような低い直の声。

「念のため、あとでレントゲンとってもらいに行きましょうね。鶴本さん、あなたもよ」

カーテンの向こうから返事はなく、着替《きが》える音だけがする。やがてジャージに着替えた直が悪びれた様子もなく姿を見せ、一礼《いちれい》すると出て行った。足を少しひきずっているようだ。金八先生と本田先生は顔を見合わせた。金八先生にもまだこの鶴本直という女生徒がよくわからない。

手当てをしてもらったスガッチも保健室を出ていき、本田先生と二人だけになると、金八先生は肩を落として沈み込んだ。生徒の前では必死に自分を鼓舞《こぶ》していたのだ。本田先生が幸作のことをたずねると、金八先生の顔が痛みをこらえるようにゆがんだ。金八先生の話をきいて、本田先生は一瞬言葉を失った。

「悪性リンパ腫《しゅ》……？　あの幸作君が……」

「安井先生は遺伝ではないと言ってくれたんですが」

「そうですよ。がん患者の家系とか体質遺伝とか、現在では通説にすぎないとされているんですから、奥さんのせいなんかにしてはだめ」

本田先生は金八先生をまっすぐに見つめて、しっかりとした口調《くちょう》でこたえた。

「問題は告知なんです」

ひくい声をやっとしぼり出すように話す金八先生の、これほど苦渋《くじゅう》に満ちた顔を本田先生は見たことがなかった。昨夜は一睡《いっすい》もできなかったに違いない。低い年齢であればあるほど、告知はむずかしい。知ったがために自殺してしまった例だってあるのだ。

「私はあいつには何としてもがんばってほしいと思っています。けど、二十歳以下には本人への告知は積極的にはすすめないと病院では言うし……」

「いいえ、幸作君なら大丈夫よ。そんな意気地《いくじ》なしじゃありません」

本田先生が力をこめて言うと、うつむいた金八先生の頰《ほお》に涙が一筋《ひとすじ》つたって落ちた。

「ありがとう、本田先生……」

「だめですよ、坂本先生がしっかりしていないと」

「そう思って自分でもねじ巻いているんですが、職員室も三Bも新しい顔で落ち着かないし……」

金八先生は、幸作のことが片時も頭を離れない一方で、昨夜の政則《まさのり》の暗い表情、そして涙ながらに自分に政則をたくしていった成迫《なるさこ》先生の顔を思い出すと、罪悪感のようなものさえ感じる。三Bには遅刻早退ばかりでクラスの中でまったく存在感のない信太《のぶた》、ちょっとしたことですぐにパニックの発作《ほっさ》をおこしてしまうので特に目をかけてやらなければならない哲郎、そして新しいクラスでどうやらスムーズにコミュニケーションをとれていないらしい直《なお》など、まだまだ心配な生徒がたくさんいるのだ。昨日も「突っ走るときは迫力を持って突っ走らないと解決しない」と言っていた金八先生に、いつもの気迫《きはく》はない。本田先生は思わず、うちひしがれている金八先生の肩をしっかりつかみ、その目をまっすぐに見つめて言った。

「そっちの方なら、今までの桜中学の取り組みが解決してくれます。今は幸作君のことよ。支えることのできる父親は坂本先生しかいないんですからね」

「はい」

本田先生の励《はげ》ましに、胸がいっぱいになった金八先生の目は、すぐにまた新しい涙でいっぱいになった。本田先生は幸作の顔を思いうかべ、幸作にとっての最良の道は何か、けんめいに自分の頭の中をさぐった。養護の教諭らしく、本田先生の話は、安井病院の院長のつかみどころのない話よりもずっと理解しやすいものだった。金八先生はひと言もききもらすまいと、だんだん冷静さをとりもどしていった。

「どんなに隠したって、幸作君にはすぐにわかってしまいます。治療が始まれば感染症《かんせんしょう》対策が第一になるから、病室も無菌室《むきん》になるし、面会者も白衣と帽子をつけるように言われると思うんですよ。坂本先生がそんなかっこうで、いくら悪質の風邪《かぜ》だ、たいしたことないと言っても、病人としてはまず自分の病気を疑うでしょうね。自分はがんなのではないかって……。それに、髪の毛も抜けてくれば、今の子はテレビで見たドラマなど思い出して、やっぱりとなるだろうし」

「そんなら、やっぱりあいつには本当のことを、この私から言うべきなのでしょうか」

「そうです。けどね、その本当のことをどう言うかが問題なんですよ」

「はい？」

「安井先生のおっしゃられたとおり、今は悪性リンパ腫《しゅ》というのは治《なお》らない病気じゃないんです。血液のがんであることは間違いないけれど、それだけで父親が打ちのめされたような顔をしていたら、幸作君が絶望的なんだと思ってしまうことの方が怖いわ」

「しかし……」

金八先生の頭の中でも、血液のがんと言われれば、まず死の一字が先に浮かんでしまう。安井先生も、助からない病ではないと言ってくれたが、どうしても残された時間のことばかりが気になって、思考は袋小路《こうじ》に入ってしまう。そんな金八先生の目を覚《さ》まさせようとでもするかのように、本田先生は力をこめて激励《げきれい》した。

「がんばってください。一番身近な人がまず負けるもんか！という信念を持てば、病人も絶対病気に勝つぞという気迫が持てるんですから」

「そうですね……そうでした……」

「ただ、気をつけなければいけないのは告知のタイミングですよ」

「はい」

昨夜は自分が身代《みが》わりになりたい、幸作とともに死んでしまいたいという考えに翻弄《ほんろう》されていた金八先生だが、本田先生の話を聞くうちに、わずかながらの希望と自分の使命が見えてくる気がした。自分が幸作のためにできることは、自分の命を捨てることではなく、幸作の命を信じてやることなのだ。生徒にいつも言ってきたあたりまえのことを、金八先生はあまりのショックで忘れていたのだった。


今朝の臨時朝礼で、生徒たちに新校長が紹介される。その前に、校長室ではあわただしくひきつぎが行われていた。和田校長から地域教育協議会の吉田会長と町内会連合会の駒井会長にひきあわせられると、千田新校長はていねいに頭をさげた。ソフトでいて隙《すき》のない雰囲気である。吉田会長も駒井会長も、親しげに手を差し出した。

「私たちにしてみれば、ご近所さんの子だ。ま、いっしょにやりましょうや」

「こちらからのお願いとしては、月に一度ですがね、町会の集まりにはぜひとも校長さんに出席していただきたいってことです。地域の動きが手っとり早くわかるでしょうからね。子どもは、地域の中で生きているわけですから」

「はあ」

ケアセンターと同居しているだけでなく、町内会までからんでくるとは……。新校長は驚きを押し隠して、曖昧《あいまい》な笑顔をかえした。

生徒たちへの紹介、職員室での紹介がすむと、国井先生は新校長に校内を案内しようと申し出た。なぜか北先生もぴたりとそばについている。

「では、ケアセンターにご案内しますので」

「いや、けっこうです。私は本校の校長として赴任《ふにん》したのであって、あちらとは関係はないんだから」

静かではあるがきっぱりと拒否《きょひ》されて、国井教頭はあっけにとられている。まだあまり例のない学校施設の一部を使ってのケアセンターの立ち上げは、並たいていの苦労ではなかった。福祉の方とも密な連携《れんけい》をとらなければならなかったし、子どもたちにもいろいろと教えなければならなかった。ケアセンターと今のような協力関係を築《きず》き上げるまでには、前校長のもとで国井教頭や金八先生たちは文字通り駆け回ったのである。社会の少子化、高齢化《こうれいか》が進むにつれ、こういった試みは増《ふ》えてくるに違いないが、桜中学はそのモデルともなるべきケースだった。

「で、でも、各学年ごとにボランティア部もできておりますし、お年寄りとの友好関係は教育上……」

国井教頭が遠慮《えんりよ》がちに説明するのを、千田校長はにべもなくさえぎった。

「学校教育は学校が責任を持つべきであって、あちらは福祉におまかせすればいい。サービスを習慣化すれば、教師も生徒も気が散るだけでしょう」

千田校長の口調《くちよう》には有無《うむ》をいわせぬ態度が明らかで、国井教頭は不服《ふふく》ながらも黙るしかない。初日から険悪《けんあく》な関係にはなりたくなかった。新校長と教頭のやり取りを聞いていた教師たちは黙って顔を見合わせた。恐れを知らずにはっきりと反対したのは、花子先生である。

「変です。そういうの縦割《たてわ》りというんじゃありませんか」

「花子先生！」

北先生がはらはらして注意しようとするより早く、千田校長のこめかみに癇《かん》がはしった。

「ほう、ここは教師をファーストネームで呼ぶのですか」

その口調には皮肉と軽蔑《けいべつ》がこもっている。が、花子先生も負けてはいない。

「私の場合はそうしていただいてます」

「では以後、きちんと姓《せい》で呼ばせましょう」

「それ、校長命令ですか」

「そうです」

新校長の威圧《いあつ》的な態度にかちんときているのは、もちろん花子先生だけではない。

「いいじゃありませんか。校長先生にも今日中にあだ名がつくと思いますが、ファーストネームでもあだ名よりははるかに教育的だと思いますよ。ちなみに北先生は〝北風小僧《こぞう》〟で私は〝カンカン〟、かなり気にいっとりますが」

新聞から目もあげずに乾《いぬい》先生は皮肉っぽく応酬《おうしゅう》した。

「私の場合、金八つぁんと呼ばれております」

「僕はGTO」

他の教師も口ぐちと加勢《かせい》し、国井教頭も場をなごませるように笑う。

「さあ、私などはなんと呼ばれておりますことやら、ほほほ」

ただ北先生だけがにこりともしない校長にすり寄って、迎合《げいごう》するように言った。何がなんでも校長に評価されたいらしい。

「しかし教師にむかって小僧《こぞう》はないですよ、小僧は。ねえ、マンネリと言いましょうか、われわれはつい馴《な》れ合いになりますので、校長先生、お気づきの点はびしびしとご指導いただきたいと思います」

北先生のあからさまなご機嫌《きげん》取りに教師たちは嫌《いや》なものを見たという顔をしているのに、本人と校長だけが気づかない様子である。

ともあれ、千田校長は国井教頭と北先生を従えて、校内巡視《じゅんし》に出かけた。最初に校長の目をひいたのは、いつものように重役出勤の信太《のぶた》である。派手《はで》なカバンを斜《なな》めがけにしヘッドホーンをつけて音楽に没頭《ぼっとう》しているらしく、軽やかにステップを踏《ふ》みながら歩いている。

「こら！　何をしているんだ、おまえは！」

けれど、信太は背後からの校長の怒鳴《どな》り声にまったく気づかず、楽しそうに体をゆすっている。北先生がすばやく走り寄って、信太の頭からヘッドホーンをむしりとった。

「また遅刻だな、おまえは」

「ま、そんなところで」

北先生の怒った顔などおかまいなく、信太はへらへらと笑っている。千田校長が再び厳《きび》しく怒鳴《どな》った。

「学年と名前！」

しかし、信太は新校長の存在などほとんど目に入らず、北先生の手からヘッドホーンを取り返そうとしている。

「早く質問に答えなさい」

「そうしなさい」

北先生と国井先生にうながされて、はじめて信太は新校長の顔を見た。

「だって、この人、だれ？」

「校長先生だ」

「またまた、ウソばっか」

「遅刻したからお話を聞けなかったけれど、今日から本校の校長先生です」

「ふーん、そっか。じゃあこんにちは」

へらへらとつかみどころのない信太に、千田校長もどう扱《あつか》っていいかわからずに言葉が出ないが、その苛立《いらだ》ちはぴりぴりと北先生と国井教頭に伝わってくる。

「あの、彼は三年B組の信太《のぶた》といって、坂本先生のクラスです」

北先生が責任転嫁《てんか》するように、金八先生の名を出したと同時に、金八先生が廊下でひともめしているらしいのに気づいて駆《か》け寄《よ》ってきた。

「はい、私のクラスです」

「では、あとで校長室へ来るように」

千田校長はなんとなく空虚《くうきょ》な笑みをうかべている信太の顔をじろりと見据《す》えて言った。

「はい、かならず」

「いいよ、そんなの」

国井教頭と信太が答えたのは同時だった。金八先生がたしなめるように信太の袖《そで》をひくやいなや、信太は今来たばかりの廊下を昇降口《しょうこうぐち》へ向かって、一目散《いちもくさん》に逃げ出している。

「信太ーっ！」

金八先生も後を追って走り出したが、追いつきっこないのは目に見えている。

「いや、遅刻、早退、無断欠席の常習犯でしてね、B組というのは問題児が結集《けっしゅう》しておりますので、学年会はひと苦労なんです」

C組の北先生は点数稼《かせ》ぎのチャンスとばかりにそう話しながら校長にすり寄り、国井教頭はうんざりした顔で二人の後に続いた。

その日、朝礼で見せた新校長の笑顔はまやかしだという噂《うわさ》は、早くも学校中にひろがっていた。校長が巡回《じゅんかい》しながら、校内のいたるところで厳《きび》しく注意し、怒鳴《どな》りつけたからである。桜中学の自由な校風は、千田校長の目にはだらしがないとしか映《うつ》らないらしかった。めったに手伝いに行かない美紀《みき》たちも、昼休みにはケアセンターに姿を見せ、新校長の暴君ぶりをうるさく述《の》べ立てた。新しい校長がセンターと中学は関係ないと言ったらしいと聞いて、センターに訪れる子どもたちを孫のようにかわいがってきた老人たちは憤慨《ふんがい》している。

「ふざけるんじゃないよ。それで、ほかの先生方は黙ってるのかい」

「先公なんかあてにしなくても大丈夫。私たちが騒いであげるから、ねーっ」

美紀はニュースの反響が大きかったのに満足して答えた。

授業を終えて職員室へ戻ってきた教師たちは、書店での研修に派遣《はけん》されて主《ぬし》のいなくなった遠藤先生の机の上にいろんなものが山と積まれているのを見て驚いた。私物は校長室へ置かないようにと、千田校長が放《ほう》り出したのである。コーヒーメーカーにカップ、将棋《しょうぎ》盤《ばん》など、これまで校長室に置いて共同で使っていた物ばかりである。生徒たちの手前、職員室にコーヒーの香りが漂《ただよ》っているのもいけないからと、和田校長は英語のアシスタントティーチャーのジュリア先生が日本茶に馴染《なじ》まないのを知って校長室にコーヒーメーカーを置かせてくれたのである。自然、校長室は解放された雰囲気《ふんいき》になり、校長と教師たちとの交流にも一役買っていた。将棋《しょうぎ》の好きな地域教育協議会のメンバーが来たときには、将棋盤を前にリラックスしてさまざまな話を交わすのが、和田校長一流のもてなしでもあった。

がらくたの山のように積みあげられた品々を見て教師たちは反感を持ったが、いちばん憤慨《ふんがい》しているのはライダー小田切である。バイク通勤の禁止を通達《つうたつ》されたのだ。

「僕は突っ張りますよ。校長といえども教師の登校手段を規制する権限《けんげん》はないはずです」

「あまり突っ張ると、遠藤先生みたいにとばされるぞ、研修とか言って」

早くも、校長におぼえのめでたい北先生だけはにやにやしている。教師たちが口ぐちに文句を言っているちょうどそのとき、校長室のドアがあいて、国井教頭が出てきた。いっせいに視線が注がれると、国井教頭はため息まじりに首を振《ふ》ってみせた。

「生徒の自転車通学も叱られちゃった」

「ああ、あれもB組の生徒でしたよね、坂本先生」

北先生が即座《そくざ》に意地悪く反応する。その目は少し面白がっているふうでもある。さっきの信太《のぶた》の態度といい、三Ｂ担任の金八先生は近ぢか新校長にしぼられることになるにちがいない。しかし、国井教頭が金八先生に向けた目は、いつになく真剣で深い同情にあふれている。

「坂本先生、幸作君のこと、本田先生から聞きました。来週は中間テストだし、採点などは私も引き受けますから、遅くまで残っていることはありませんよ」

「ありがとうございます。しかし、長期戦を覚悟しました。それにあまりふだんと変わった態度をとったら、かえって不安がるでしょうし」

「いったい……」

けげんそうな花子先生に、金八先生はためらうことなく答えた。

「今日にはある程度の検査結果が出ますが、幸作、悪性リンパ腫《しゅ》というやつで」

一瞬、あたりの空気を重苦しい沈黙が包んだ。一昨年、卒業したばかりの幸作をほとんどすべての教師がよく知っている。卒業時は北先生のクラスだった。人一倍明るくて、やさしい少年だ。国井教頭、乾《いぬい》先生にいたっては、生まれたときから知っているのだ。

沈黙をやぶって乾先生がきっぱりと言った。

「終業したら、なるべく早く帰ってください。校長訓話《くんわ》は私が代わりに聞いておく」

金八先生は同僚《どうりよう》たちの気持ちがただただありがたく、何も言えずに頭をさげた。


安井病院の入り口で金八先生は何度も心の中で本田先生の言葉を反芻《はんすう》して中へ入った。病室で幸作の顔を見ると涙が出てきそうな気がして、病室の前でも何度も深呼吸してそっと中をうかがうと、楽しそうな話し声が聞こえてくる。

「先生、こんにちは」

あいさつしたのは安井病院のひとり娘のちはるだった。幸作が楽しそうなはずだ。金八先生が見舞いの礼を言うと、ちはるはにっこりと笑った。

「ご近所に住んでるわけだから」

「ご近所だってさ。こいつ、おかしなことばっかりで、高校へ行ったら人格変わった」

幸作は照れているのか乱暴な口ぶりだが、目はうれしそうである。金八先生はほっとすると同時に、一夜にしてやつれた顔になってだるそうに枕《まくら》に身をうずめている幸作の姿に胸が痛んだ。途中で買ってきたマンガ本を手わたすと、幸作は意外そうに父親を見たが、すぐに甘えた笑顔を見せた。

「サンキュー。そっちのは何？」

「あ、ああ。これは父ちゃんの学習書。校長が替《か》わったから当分は猛勉強だ」

金八先生は、がんに関する本の入った書店の袋をさっとカバンの奥に突っ込んだ。

「うちにも三階に院内学級があるから、通学したら勉強は遅れないよ」

勉強と聞いて、ちはるが明るく言うのに、幸作はかぶりを振った。

「そんなに長く入院してるつもりなんか、ぜーんぜん」

しかし、言い終わらないうちに、幸作は激しい吐き気におそわれて身をまるめた。ちはるがさっと金属盆《ぼん》を持たせてやり、抱《かか》え込むようにして背中をさすってやる。幸作はしばらく苦しげに背中を波打たせていたが、発作《ほっさ》がおさまると弱々しい声で言った。

「なんにも出ねえや。どうなっちゃったんだろ、おれ」

「たかがゲロったくらいで意気地《いくじ》のない声出すな」

「だから、きっとあれだと思うんだ」

ぞっとしながらもつとめて明るい声をつくる金八先生に、幸作は思案《しあん》するような目をむける。金八先生はどきりと目を見ひらいた。

「このまえ、ほら、間違ってすげえ高い牛肉買ったじゃん。あのときのすき焼き、あんまりうまかったから、おれ、残り汁《じる》ぶっかけてメシ何杯《なんばい》食ったかおぼえてないけど、あれで胃《い》をこわしたんじゃないかなあ」

「だから、バカの大食い、猿にもなれずというんだ」

金八先生は幸作の能天気な自己診断を聞いてほっとすると同時に、涙がにじみそうな顔をさっとそむけて、威勢よく言った。救急車のサイレンの音が近づいてきて大きくなったかと思うとぴたりとやんだ。急患《きゅうかん》が運ばれてきたのだろう。

「今朝、交通事故で運ばれた人、助かったかなあ」

幸作がぽつりと言った。

「父ちゃん、夜道、酔《よ》っ払《ぱら》って歩くなよ」

「バカ」

自分が入院しているというのに、家族のことを気づかっているのはいかにも幸作らしかった。亡くなった里美《さとみ》先生もそうだった。もしも、幸作の病気の発見が遅すぎたのなら、それは自分のせいだと金八先生は胸がしめつけられる。

「姉ちゃんにも言ってよ。姉ちゃん、このごろ、きれいになっちまってるからなあ……」

そう言いながら、幸作はすーっと意識を失っていくようだ。金八先生は思わず駆け寄って幸作の肩に手をかけた。

「幸作……！」

揺《ゆ》り起こそうとする金八先生の手を、ちはるがそっとはずした。

「大丈夫、さっきの薬が効《き》いてきたんです」

金八先生は長いこと、そばに立って幸作の寝顔を見ていた。眠っていると赤ん坊の頃の面影《おもかげ》がまだ残っている気がする。幸作の寝顔の上に、保育園の頃、小学生の幸作、中学の卒業式の幸作の顔がだぶっては消えた。


今晩は乙女も金八先生も帰りが早く、二人きりで黙りがちな夕食をとった。夕食に三人がそろわないことなど珍《めずら》しくはなかったが、幸作がしばらくは帰れないとわかった坂本家は火が消えたような寂《さび》しさだ。幸作はいつ帰れるのだろう。もとの元気な幸作に戻れるのだろうか。そう考えて、金八先生はふと昨日、幸作の部屋へ入ったときのことを思い出した。

「乙女、おまえ、幸作の部屋に入ったことあるか？」

「ないよ。自分の部屋は自分で掃除する決まりだもの」

「実はな……あいつの机の上にだ、その、コンドームの箱があったんだよ」

「うん」

金八先生が思いきって言ったのに、乙女は平然と味噌汁《みそしる》をすすっている。

「うんって、おまえ……どきりともしないのか、一個足りなかったんだぞ」

「うん」

「その一個、どういう時にだれとのことで使ったのか、気にもならんのか。コンドームは悪いものだなどと言ってるんじゃない。けど、あんな病気になってしまって、この後あれを使うチャンスに出会えなければ、人として、男として、生まれてきた甲斐《かい》も……」

箸《はし》をおいて膝《ひざ》の上で拳《こぶし》をにぎりしめている金八先生を見て、乙女が微笑した。

「なにバカなこと言ってんの。あれは高校でもらったのよ」

「高校で?」

「そう。幸作、今は用なしのお父ちゃんには遠慮《えんりょ》して言わなかったんだと思うけど。大人がどう声をからしても、無防備《むぼうび》でふわふわした子が増《ふ》えてるでしょ。だから、セックスはいけないというかわりに、性感染症《かんせんしょう》の恐ろしさを理解させようと企業がらみでくれたらしいの。これからは男の子も女の子も、自分を守るためにコンドームという言葉を、恥《は》ずかしがったり、いやらしいものと思わず、口にできるようにならなければ、性教育は完全じゃないわけね」

まったく落ち着いた口調《くちょう》で乙女がすらすらと説明する。娘に教育現場のことを教わろうとは夢にも思っていなかった金八先生は、あっけにとられて娘を眺《なが》めた。

「今どき養護の先生になるためには、そんなことも勉強するわけか」

「だから、幸作は大丈夫。一個足りないのはつけ方をテストしてみただけだって」

「ふーん、姉弟っていうのはそんなことまで話し合うわけか」

金八先生はほっとしたと同時に、少しがっかりした。つまり、十七年生きてきた幸作が体験したのは、失恋に終わった、ちはるへのプラトニックな恋だけなのだ。

「問題は、いつ幸作に病気のことを知らせるかよね」

「うん……」

「図体《ずうたい》は大きいけど、あれで気が弱いところがあるから……」

乙女もまた、幸作に嘘《うそ》をつけないことはわかっていた。明日にも幸作は無菌室《むきん》にうつされるだろう。告知まで父娘に残されている時間はそう長くはない。

金八先生は連日《れんじつ》、よく眠れないままに登校した。生徒と向かい合っている間はなるべく幸作のことを考えまいとするのだが、幸作と似たような少年たちを相手にしているのではなかなか思うように授業に集中できなかった。

それでも、学校で思いにふけっているような時間はまったくなかった。校長室へ呼ばれた金八先生が昨日のことで注意を受けるのかと思って行くと、そこにはふてくされた顔の儀《ただし》、無表情な直《なお》、それに泣きじゃくる直美《なおみ》が国井教頭に付き添われて、校長の前に立たされていた。ちょうど体育の時間だったらしく、直以外の二人も体操着姿だ。儀と直が廊下で取っ組み合うところを見つけて、校長室へ突き出したのは北先生だという。その場にいた直美はいっしょに連れてこられたが、すっかりおびえている様子だ。直美は事の一部始終《しじゅう》を知っているのだが、儀《ただし》がこわくてはっきりと言えないのだった。何を聞いても泣くばかりの直美には、教頭も校長もお手上げのようだ。

忘れ物をとりに急いで教室へ戻った直美は、儀《ただし》がクラスメートのカバンを次々とあけて財布《さいふ》から金を抜き取っている現場を見てしまったのだ。入り口で立ちすくんでいる人の姿を見て儀はぎくりとなったが、相手が、気が弱くクラスで孤立している直美だとわかると、逆に脅《おど》しをかけてきた。チクったらおまえが犯人だと言いふらしてやると言い、さらに明日一万円持って来いと平然とたかり、半泣きの直美をうながして教室を出ようとする儀《ただし》の前に立ちふさがったのは直《なお》だった。

「どけよ」

儀がすごんでも直はびくりともせず、強い目で見返した。

「返しな」

「うっせえ」

目の前の直がどかないので、儀は手をのばして胸を突《つ》いた。とたんに直は顔色をかえて、儀を力いっぱい突き飛ばしたのだ。思わぬ反撃《はんげき》に儀もかっとなる。二人はふるえる直美の目の前でつかみあいのけんかをはじめたのだった。

金八先生が校長室に入ってくると、儀は肩をすくめてにっと笑ってみせた。国井教頭があわてて突つく。

「さ、どうしてそんな騒ぎを起こしたのか、ちゃんと校長先生に申し上げなさい」

「だって、こいつ転校生じゃん。まごまごしてたから、おれが教えてやったのに、大きなお世話だとほざくから、生意気言うんじゃないといったら、チビ、ニキビ、ブタって、ひでえんだ」

すらすらとこぼれる嘘《うそ》に直美はあきれて儀の顔を見た。直は相手にしていないといった感じで、クールな無表情だ。同じくあきれ顔で、千田校長は直を見た。

直が無言なのをいいことに、儀は調子にのって続けた。

「ほら、強情《ごうじょう》なんだよ、こいつ。ふざけるんじゃねえって言ったら、いきなり人を突き飛ばしたから、おれだってかっとなって。な、おまえが証人《しょうにん》だもんな」

「私は……」

直美はおどおどと目をふせる。その目から涙がぽたぽたと落ちた。

「すぐ、泣けばいいと思って」

儀が毒《どく》づく。クラスに味方を見つけられない直美には、自分の言葉が信じてもらえるとは思えなかった。儀は力ずくでも嘘《うそ》を押し通すだろう。校長だって直美の話を聞く様子《ようす》はない。

「ま、北先生のおかげで二人とも怪我《けが》がなかったからいいようなものですけれど。いや、本校はかなりたいへんな子どもがいるとは聞いてきましたよ。しかし、女子の方から暴力に出るというのはめったにありません」

「はい」

校長の皮肉めいた非難を金八先生はただ黙って受けとめ、頭を下げた。こんな状況《じょうきょう》で生徒たちに話を聞くことは無理だった。

「息子さんのことで坂本先生もクラス全体に目がとどかないのはわかります。しかし、女は女らしく、男は男らしく、二度とこういう騒ぎは起こさないように、担任としてしっかり監督していただきたい」

「申しわけございません」

あやまる担任の横にそっぽを向いて突っ立っている儀《ただし》と直《なお》に、校長は厳《きび》しく言った。

「君たちはどうなんだ？　坂本先生はこうしてあやまられたのに、君たちは私にひと言もないのかね」

「ごめんなさい」

儀はしぶしぶだが、ぺこりと頭をさげた。しかし、直はきつい瞳《ひとみ》のまま黙っている。

「君は？」

あやまろうとしない直《なお》に苛立《いらだ》った校長がもう一度返事をうながすと、直は硬《かた》い声で言った。

「女は女らしくって、決めつけられたくありません」

「え？」

「男は男らしくってどういうことなんだか、それもわかりません」

直の瞳には反感が燃えていた。

「何を言ってるんですか、鶴本さんは」

国井教頭があわてて口をはさむが、直はふりきって続けた。

「なぜ白と黒の二つにわけなければいけないんですか。人ならグレーがあってもいいと思う。じゃなければ、私たちアジアの黄色《おうしょく》は人間でなくなるわけだし」

「これはまた、なんというか……」

言葉を失った校長は非難の目を監督者である担任と国井教頭に向けた。しかし、国井教頭も金八先生も直の言うことがよくわかる気がするのだった。直《なお》をそっとうかがう直美《なおみ》の目には、尊敬の色が浮かんでいた。

結局、最後まであやまることなく、直《なお》は校長室を出た。校長はそれ以上、何も言わなかったが、決して許したわけではなかった。翌々日、金八先生は放課後また校長室へ呼び出された。

「今日はお急ぎなんだと、私から言ったんですけどね」

他の先生たちが何かと金八先生の仕事を減《へ》らしてやろうと気づかう中、ため息とともに校長の呼び出しを伝えに来た国井教頭は同情を隠《かく》さなかった。

「いえ、すぐに参ります」

そう答えて、金八先生が国井教頭について校長室へ行ってみると、校長の目の前に制服に着替えた直《なお》が一人で立たされていた。

「あの、鶴本直が何か？」

「このスカートはなんとかならんのですか」

校長はいらいらと金八先生を見た。直は校長の前に背筋《せすじ》を伸《の》ばして立っていたが、視線はかたくなにはずしていた。

「鶴本のスカートがどうかしましたでしょうか」

「長い！」

「そりゃあ、まあ」

「と認めるなら、なぜ注意しないのですか」

「長いと言っても、かかとまでぞろりとさせていた昔のツッパリとは違いますし、べつだん問題はないのではないかと」

まったく落ち着きはらった金八先生の態度に、校長は声をあらげた。

「ひとりだけ違う服装をしているというのは、和を乱すもとでしょう！」

「しかし、違う服装と言われても、これは桜中学の制服ですが」

「そうかも知れない。しかし学校の経営を任《まか》されている管理職としては、こういうのがひとり混《ま》じっていると、本校はまとまりがないと思われてならんのですよ」

生徒を品物のようにあつかう態度にかちんときた金八先生は思わず言い返した。

「お言葉ですが、生徒に対して〝こういうのが〟というような言い方はおやめくださいませんか」

金八先生の言葉は、国井教頭がためこんでいた不満にも火をつけたようである。一歩、後ろに下がって黙って聞いていた国井教頭が突然、口を開いた。

「私もひとこと。確かに鶴本直のスカートの長さはひとりだけ目立ちます。けれど、みんなが同じでなくてはならないという考え方は、異質なものを排除《はいじょ》するということにつながるのではないでしょうか」

思わぬところから出た反撃に、校長がむっとした目を向けると、その視線がまたいっそう国井教頭の頭に血をのぼらせた。

「スカート膝下《ひざした》何センチ、前髪《まえがみ》は眉《まゆ》がかくれてはいけないと、物差《ものさ》しもって指導したのは、もう二十年も前のことです。ああいうのは私、二度とやりたくありません。そんなことで生徒がよくなり学校がまとまるなどということはありませんでしたもの」

「国井先生……」

立場が逆転して、今度は金八先生の方がはらはらした様子《ようす》で国井教頭を見ている。

「いえね、私、個人的な好みで言ったら、今の鶴本直のよりほんの一、二センチ短い方が好きなのよ。発育のよい今の女子には今のスカートは短すぎるし、子どもっぽいわ。それにね、これから寒さに向かって冷えますからね、あげくにあのずるずるのルーズソックス、それも彼女たちの寒さ対策、やがては子どもを産む体である自己防衛《ぼうえい》だと思えば文句も言えないし」

堰《せき》を切ったように話しつづける教頭に、ついに頭にきた校長は突然、机をたたいて宣言した。

「わかりました。鶴本直については私が個人的に指導する」

「校長先生、それは困りますよ！」

金八先生が叫ぶ。

「何がかね?」

「校長室に呼びつけるにしても、まず担任を通してください。これはルール違反です。鶴本はご存知のようにまだ転校したばかりで落ち着きません。したがって」

「いや、転校二日目にして男子と殴《なぐ》り合いをしている。最初が肝心《かんじん》なんだ」

校長は憎にくしげに、直《なお》をにらんで言った。

「坂本先生もお子さんのことでいろいろご心配でしょうが、クラスのことはびしっと責任を持っていただかないとあなたの評価にかかわる」

校長の脅《おど》しは金八先生をよけいに激昂《げきこう》させるだけだ。売り言葉に買い言葉で金八先生は口もとから泡《あわ》を飛ばして言い返していた。

「ああ、かまいませんとも。そのかわり、校長のルール違反は二度と起こしていただきたくありません。生徒と教師の信頼がくずれるもとになると思うからです」

金八先生と校長の声は、職員室まで聞こえてくる。教師たちはかたずをのんでやりとりに耳をすませていた。嫌味《いやみ》たっぷりに幸作のことを言われるのをきいて、同僚《どうりょう》たちはみな憤然《ふんぜん》たる思いだ。その気持ちは国井教頭も同じである。

「私たちも幸作君、いえお子さんのことを心配しておりますので、ほかの先生方もできるだけ協力しようと申し合わせました」

「ほかの先生方にそんな時間的余裕があるんですか」

校長が皮肉な視線を教頭にすべらせた。管理職志望ではない金八先生にとって、自分のことはともかく教頭の評価までが大きく左右されるのは不本意だ。

「私なら大丈夫ですよ、教頭先生」

「いいえ、有効な時間をつくれないようでは教師ではありません！」

教頭の甲高《かんだか》い声が響《ひび》いてきたとき、乾《いぬい》先生がたまりかねて立ち上がり、校長室へ入っていこうとした。それを押しとどめて、校長室のドアをノックしたのは北先生だ。北先生には校長に気に入られているという自信もあった。

「乾先生、ここは私に任《まか》せてください」

北先生はそうささやくと、同僚たちの視線を背中に受けながら、校長室に消えた。

「鶴本、先生方にあやまりなさい。ご迷惑かけましたと頭をさげる！」

入るなり、北先生はまっすぐに直《なお》の方を向いて言った。

「いや、私はべつに迷惑など」

スカートの長さを責められた直は、翌日からの「不登校」を宣言した。

金八先生が止めるのもかまわず、北先生は直《なお》に穏《おだ》やかだがきびしい調子で言った。こころなしか、しゃべり方が校長に似てきている。

「いや、現実に三人の先生方の大事な時間をつぶしているんだ。たとえ君にどんな主張があろうとだね、この場は女の子らしく強情《ごうじょう》はらずにまずあやまる」

北先生が〝女の子〟と言ったとたん、直《なお》の瞳《ひとみ》に鋼《はがね》のような反抗心がきらめいた。

「なんだ、その目は！」

かっとなって直《なお》につめよる北先生を、金八先生がぐいと引き戻す。

「北先生、問題をややこしくしないでください！　鶴本の担任はこの私です。ご迷惑をかけました。このあとは私が責任を持って話し合いますので」

そう言って、金八先生が四方《しほう》に頭を下げたとき、黙ってやりとりを見ていた直《なお》がはじめて口を開いた。

「私は明日から学校を休むことを皆さんに約束します」

「なにっ」

険《けわ》しい顔の校長に対して、直《なお》はクールに言い放った。

「制服は死ぬほどいやです。でも、一生懸命妥協《だきよう》したのに、これが認めてもらえないならば、不登校になるほか仕方ないです。失礼します」

「待ちなさい、鶴本！」

「鶴本さん！」

金八先生と教頭が止めるのも聞かず、直《なお》は身をひるがえして飛び出して行った。

その日、金八先生が鶴本家と連絡をとるより早く、一本の電話が教育委員会にかかってきた。帰宅するなり、直が母親の成美《なるみ》に憤懣《ふんまん》をぶちまけたのだ。

「今度、桜中学三年B組に転校いたしました鶴本直《なお》の母でございます。娘が今日、学校で不登校宣言をしてまいりまして」

電話は教育長のもとにまわされた。教育長は、元桜中学の和田校長である。話を聞いて教育長は耳を疑《うたが》った。

「不登校宣言？　ちょっと待ってください。あの桜中学校にかぎって、転校生をそうそうに不登校にするようなことは……」

「原因は校長先生のいじめだと娘は申しております」

きっぱりとそう言って成美《なるみ》はぷつりと電話を切った。その後、和田元校長、千田現校長が大いに慌《あわ》てたのは言うまでもない。

その日の夕方、和田教育長はスケジュールを調整して桜中学へ駆けつけた。校長室で教育長、千田校長、国井教頭、それに直《なお》の母親の成美《なるみ》の四人がテーブルをはさんですわった。

「問題をいきなり教育委員会に持ち込むのはルール違反だぐらい、承知しております。けれど、いじめの相手が校長先生となると、ほかに訴えるところがございませんでしょう」

成美の口調《くちょう》はていねいだったが、問題をうやむやにはさせない強さがあった。

「いじめだなんて、それは誤解ですわ」

国井教頭があわてて弁解しようとするのを成美は鋭《するど》い視線で射《い》るように見た。

「では、桜中学の制服を着ていた直《なお》のどこに落ち度がございましたの？」

「いえ、それは……」

国井教頭は困ったように千田校長を見たが、校長は昼間、直や金八先生を怒鳴りつけていたのとは別人のように、すっかり萎縮《いしゅく》している。自分の評価を上げようと躍起《やっき》になるあまり、逆に評価を落としかねない事件を起こしてしまったのだから無理もない。和田教育長が、緊張をやわらげるように、穏《おだ》やかに切り出した。

「いや、千田先生が気にされたスカートの長さのことですがね」

「はあ」

「プライバシーにかかわることだし、今後のこともあるので、できればお母さんから」

そう言って和田が成美を見ると、成美は顔色ひとつ変えずに言った。

「大腿《ふともも》から膝下《ひざした》にかけて大きな傷跡《きずあと》がございますの」

「傷跡？」

国井教頭ははっとしたようである。

「前の私立も服装が自由だったので選びましたし、傷跡を隠《かく》したくてほとんどジーンズで通学していました。それで娘も、こちらにははじめから違和感《いわかん》を持っておりますし」

そうだとすれば、自分たちは知らずにとはいえ、直の女の子らしい気持ちを踏《ふ》みにじってしまったことになる。そう思うと国井教頭は悔《く》やまれた。

「それならそうと、はじめにおっしゃっていただければよろしかったのに」

「いいえ、Ｇパンは馴染《なじ》まないにしても、ズボンでの異装《いそう》願い、お出ししております」

今度は和田教育長があやまる番だった。ひきつぎのとき、転校生のことまで気がまわらなかったのだ。

「申しわけありません。このところ、本校も突然の異動《いどう》などありましてね、十分な対応ができていなかったものと思います」

「それでは、おズボンでの登校を」

そう成美《なるみ》が言うと、黙っていた千田校長が急いで口をはさんだ。

「いいえ、少々長くてもスカートにしましょう。女子がひとりだけズボンでは、かえって全校生徒に違和感を持たせると思いますので」

成美はすっと校長の顔を見返したが、あえて反論はせず、冷静な口調《くちょう》のまま念《ねん》を押した。

「わかりました。ただ本人も気にしておりますし、プライバシーの問題ですから、足の傷跡を学校側で確かめられるようなことは固くお断《こと》わりいたします。よろしいですわね」

「はい、それはもう必ずお約束いたします」

校長の代わりに、国井教頭が深ぶかと頭を下げて約束した。

母親が学校に話をつけに出かけてしまうと、直《なお》はむしゃくしゃした気持ちをぶつけるように、走りに出た。土手の道を黙々《もくもく》と走っているとき、ふと土手にすわりこんでいる少年の姿が目に入った。目をこらしてみると、三Bの教室で見覚《おぼ》えのある生徒だった。ひとりでぽつんとたこ焼きをつついている。それとわかると、直はさっさと走り抜けようとした。足音に気づいて首をめぐらし、声をかけてきたのは信太《のぶた》の方だ。

「おい」

直《なお》が無視していこうとすると、信太《のぶた》はくったくのない声をさらに大きくして呼びかけた。

「おいってば！」

仕方なく、直はふりかえった。

「何してんだ？」

「見たらわかるだろ。たこ焼き食ってる」

「だから？」

「おまえも食え。二個やる」

「二個？」

数を限定してきたところがおかしくて、直は思わずふっと微笑した。

「ああ、あったけえうちがうまい。ほら」

信太は手をのばして、たこ焼きの入っている容器を見せた。その顔になんの他意《たい》もなさそうだった。信太と話をするのははじめてである。ふらっと遅刻してあらわれ、いつのまにかまたいなくなっている。直《なお》と同様、信太もまたクラスでは浮いた存在だ。飄々《ひょうひょう》とした態度になんとなく好感をおぼえて、直《なお》はがさっと信太の横の草むらに腰をおろした。二人は黙って楊枝《ようじ》につきささったたこ焼きを口に放り込んだ。夕方の風が直《なお》のうっすらと汗ばんだ額《ひたい》にすっと冷たく感じられる。最後の一つをそれぞれ口に放り込むと、信太は空になった容器をくしゃっとまるめて、直《なお》のほうへ突き出した。

「そのへんのゴミ入れに捨てて行けや」

「おう」

直が無造作《むぞうさ》に答えるのをきいて、信太は意外そうに直《なお》の華奢《きゃしゃ》な顔をのぞきこんだ。

「男みてえな野郎だな、おまえは」

男みたいと言われて、直《なお》は教室では見せたことのない、和《なご》んだ表情になった。

「あほ、野郎というのは男に言う言葉だろ」

「ふうん、そっか」

「おまえ、いつもここでたこ焼き食ってんのか？」

「気分、そんときの気分」

「ふうん、そっか」

「おまえんち、どっち？」

直は川岸に沿《そ》って手をのばした。

「あっち。おまえんちは？」

信太は直の質問には答えずに、どすんと草むらに仰向《あおむ》けに倒れこんだ。

「風邪《かぜ》ひくぜ」

「ほっとけ」

そのまま、信太が目を閉《と》じているので直も立ち上がった。

「……そんじゃ、おれ行くから。ごちそうさん」

「ああ」

男友だちと話しているつもりになってそう答えてから、信太ははっとして振《ふ》り向いた。

「オレ？　オレっておまえ」

しかし、直はもうさっさと走り出している。その姿を見送って、信太は再び土手に寝転《ころ》がって情《なさ》けない声で空につぶやいた。

「やんなっちゃったなあ、もう」

走って家へ帰りついたとき、直のむしゃくしゃはおさまっていた。この時期、ジャージの上下を着こんで走るのはまだ暑い。直はバスルームにとびこんで、頭からシャワーを浴びた。すらりと伸びた足には傷ひとつなかった。

Ⅲ　チューと信太《のぶた》

愛すべきチューは金八先生のことが好きでたまらない。

放課後、金八先生がテストの答案用紙がずっしりと入った袋をかかえたまま幸作の病室をたずねると、すでに入り口に「坂本幸作」の札《ふだ》はなかった。無菌室《むきん》にうつされたのだ。看護婦に案内されエレベーターで上がると、ガラスで二重にさえぎられたクリーンルームがある。備え付けの液体石鹸《せっけん》で手をしっかり洗い、滅菌《めっきん》水で石鹸を流し、ペーパータオルで拭《ふ》く。そしてさらにその手をスプレー式の器具で消毒した。厳重な消毒装置《そうち》に緊張し、金八先生は祈るような気持ちで手順をふんだ。面会者用の白衣に白帽、マスクをつけて、幸作の個室のドアをそっと開くと、ビニールのカーテンの向こうに点滴《てんてき》の管《くだ》につながれた幸作の姿がぼんやりとみえた。目以外はすっぽり白でおおわれた金八先生が、おそるおそるカーテンをくぐると、幸作は昨日とは打って変わって神経質そうな目を向けた。

「なんなんだよ、そのかっこう?」

答えに窮《きゅう》した金八先生は、ただおどけたふうに両手を広げて見せたが、幸作はにらむようにこちらを見据《す》えている。

「なんで、そんな帽子までかぶってんだ?」

「父ちゃんに聞かれたって知るかい。看護婦さんがこれ着ろというからさ、そういうもんかと思って」

「けど、個室に移るまではふつうのかっこうで面会してたじゃないか」

「そうなんだよなあ」

知らないふりが通用するだろうかと、内心ひやひやしつつ、金八先生はとぼけた。

「今日もまた血ぃ採《と》られた。毎日採るんだって」

「毎日だ？　そりゃひでえ。冗談じゃない」

わざと明るく言うのだが、幸作の顔は暗くなるばかりだ。ろくに食べられないのだろう。入院してから顔がひとまわり小さくなったようだ。パジャマの袖《そで》からは、何度も針をさされて紫色に内出血した腕が痛々しく伸びていた。

「父ちゃん」

「うん？」

「おれ、いったい、何の病気なんだ」

いらだちで声がとがっている。幸作の恨《うら》めしそうな視線を正面から受け止めて、金八先生はけんめいにふんばった。

「だから言ったろ。脇《わき》の下にできたこぶのせいで、貧血がひどいんだ」

「そのこぶって、がんか？」

「バカ、ただのおできだ。風邪《かぜ》ひいたときのどにグリグリができるリンパ腺《せん》と同じだよ」

「だって、変じゃないか」

「ああ、変だとも。そもそも幸作みたいな能天気ががんになるわけがない」

がんと発音して、金八先生の胸はつぶれそうになる。幸作も同じ思いに違いなかった。がんでも助かる人はたくさんいる。そう知っていながらも、一番身近な人をがんで失った幸作にとって、がんはすなわち死なのだった。

「おととい行かされた病院でも、また血を抜くわ、腰骨にブスッと針刺してギャーッてさ、ひでえことしたくせに、安井病院へ突き返されてよ、とたんに今日から個室だろ。あの病院、おれのことさじ投げたんだよ、きっと。おれはもうだめなんだ、きっと」

すっかりおびえて泣き出しそうな幸作を見て、金八先生は告知などとてもできないと思った。痛みだけではない。隔離《かくり》された白い部屋で、幸作はどんなに心細い思いで不安や恐怖とたたかっているのだろうか。金八先生はなんとか励ましてやりたくて、つい大きな声になった。

「バカタレ！　あれは父ちゃんが相談した」

「何をだ？」

「昔は病院のかけもちは嫌われたけど、今は信用できるもう一つのところで診《み》てもらうのがいいと安井先生が教えてくれたんだ。検査は同じだから、血いっぱい採《と》られただろうけど、結果は同じというから」

「結果って何だ？」

口では疑い深く、強い調子で質問をかさねる一方で、気弱そうな目が希望を求めてすがりついてくる。幸作が一人になっても不安がらずにすむよう、ともかくその手にしっかりと希望をにぎらせてやりたかった。金八先生は真剣な表情で幸作に言った。

「話は終わりまで聞きなさい。ここは総合病院だぞ、まして院長はちはるのパパだから、父ちゃんもわがままをお願いできるし、なんたってわが家が近い。近けりゃ、父ちゃんも姉ちゃんもちょいちょい顔を見に来られる。そう思ったから、あらためて幸作のことをよろしくお願いしたんだぞ、それのどこが不満だ！」

「……不満じゃないけど」

父親の気迫《きはく》に押されて口ごもる幸作に、金八先生はなおもたたみかけた。

「おう、不満だなんてぬかしたら、すぐにたたき出してもらうさ」

「そしたら、家に帰れる」

その一言を聞いたとたん、金八先生の胸は切《せつ》なさでいっぱいになった。

幸作の知らないうちに、階下の待合室にはもと三Bたちが集まってきていた。健次郎や邦平《くにへい》、友子、力也《りきや》、蘭子《らんこ》たちに、ちはるが応対している。蘭子は手に大きな花束をかかえている。しかし、無菌室《むきん》に入った幸作にとどけることはできなかった。無菌室ときいて事態がよほど深刻なのかと、皆は口ぐちにちはるにたずねるが、自分が病名を告げるわけにはいかないとちはるは困っている。すると邦平がおずおずとつぶやいた。

「おれ、白血病って聞いたけど」

「おれもだ」

力也のところにもどこからか噂《うわさ》がとどいているらしい。蘭子たちの顔がみるみる心配にくもった。

「で、会えないの？」

「無菌《むきん》室って言ったじゃないか。どやどや押しかけるわけにはいかないんだよ」

ちはるに代わってそう答えた健次郎は、やりきれない思いに拳《こぶし》をにぎりしめた。

「今は気持ちの方もあまり状態がよくないみたい。でも、そのうち落ち着くからってパパ言ってた」

同じ建物に住み、入院初日からずっと幸作のことを気にかけてきたちはるは、おそらく金八先生よりも幸作の容態《ようだい》の変化にくわしかった。健次郎は真顔《まがお》でちはるに頼んだ。

「じゃあさ、もしも、もしも輸血が必要なとき、おれ、あいつのためなら献血するって親父《おやじ》さんに言っといてよ」

「おれもだ」

「おれも」

決して丈夫な方ではない邦平も力也も即座《そくざ》に名乗り上げる。

「あほ。力也の血が混《ま》ざったら、幸作はばかになっちまうだろ」

友子に頭をぽかりとやられ、力也はおおげさな身振りで頭をおさえた。

「ひでえなあ」

元三Bたちはなんとか不安を冗談にまぎらわせようとするのだが、幸作の病名は腹の底にずしんと沈んで、心から笑うことができないのだった。

幸作が白血病みたいだという噂《うわさ》は早くもあちこちに広まったようだ。

金八先生が家に帰ると、玄関に男性の靴が二足、きちんとそろえてある。中で金八先生の帰りを待っていたのはライダー小田切《おだぎり》と書店に出向《しゅっこう》中の遠藤先生だ。すぐに幸作の容態《ようだい》をたずねられたが、金八先生は答えをにごした。とても元気だったとは言えず、かといって本当のことも言いづらかった。

このところ、金八先生がいやに慌《あわ》てて書店のある大通りを行ったり来たりするのを、遠藤先生はウィンドウごしに眺《なが》めていたらしい。ライダー小田切に事情を聞いた遠藤先生は、見舞いを持ってかけつけたのだった。留守番をしている乙女のところに遠藤先生がひとりで訪ねたのでは、父親の金八先生に余計な心配をかけるからというので、ライダー小田切は自分も採点で忙しいのに同行してきてくれたのである。

「大丈夫です。今日は乙女さんじゃなく、幸作君のことで来ました」

そうことわって、遠藤先生がテーブルの上にすっと出したのは一冊の本だった。

『種まく子供たち――小児がんを体験した七人の物語』

タイトルを見て、金八先生は真剣な表情で本を手にとった。

「僕にはその時期はわかりませんが、いつか幸作君には告知しなければいけませんよ。あれこれ探した本の中では、この本がいいと思いました。告知後にぜひこれを幸作君に読ませてください。そして、その前に坂本先生も絶対に読むべきです」

向かい合ってすわっている遠藤先生の顔は真剣だ。遠藤先生はかばんからもう一冊同じ本を取り出すと、乙女にもさしだした。

「これは乙女さんの分」

「すみません。おいくらですか」

「何を水臭《くさ》い。これはお見舞いです。花もだめ、食いもんもだめなんだから、僕は一生懸命、幸作君用の本を探したんですよ」

「ありがとう、ほんとうにありがとう、遠藤先生」

いつも自己中心的な変わり者だと軽く見ていた若い教師に、金八先生は心から感謝して深ぶかと頭を下げた。

「とんでもない！　まかりまちがえば弟と呼べる間柄《あいだがら》になるかも」

そう言いかけた遠藤先生のひじをさっとつかんで、ライダー小田切は立ち上がった。

「さ、これで用件は終わったわけで、失礼しましょう、遠藤先生」

「はい、では失礼します。用があるときはいつでも声をかけてください。お役に立ちますから」

遠藤先生は名残《なご》り惜しそうに何度も乙女の方をふりむきながら、小田切先生にひきずられるようにして帰って行った。

それからひと息つくひまもなく、再び坂本家のドアがドンドンとノックされた。ドアをあけると、騒々《そうぞう》しく入ってきたのはチューこと山越崇行《やまこしたかゆき》とその母親の昌代《まさよ》である。

「坂本先輩、病気でがんだってホント?」

さすがは情報通のチューである。金八先生があっけにとられていると、母親がまくしたてた。

「いえね、この子はほら、世界中でいちばん坂本先生が好きだというし、みんながすごく心配しているからなんとかしてくれとうるさいもんだから」

「いや、そんなたいへんな病気じゃないんです。けど、みんなが心配しているって、いったいだれがそんなことをみんなに……」

金八先生が困ったように言うと、チューが勢い込んでその場でぴょんぴょんと跳《は》ねた。

「おれ、おれ。おれがみんなの代表」

「あのな、そういうことの代表にはならなくったっていいんだから。おまえはなんだってそう何でもペラペラと……」

ぶつぶつ言っている金八先生の手に、昌代は大きな箱を押しつけた。

「それでね、これを食べさせてやってもらいたいんですよ。昔からキノコ類を食べるとがんにならないというくらいでしょ。ちょうど、親戚《しんせき》からいっぱい送ってきたし、それにうちの子、椎茸《しいたけ》が嫌いだからつい余《あま》っちゃって」

「嫌いだからって、せっせと食べさせないと、崇行《たかゆき》くんだってがんになる可能性があるでしょう」

金八先生が苦笑して椎茸の箱をそっと押し戻すと、昌代は豪快《ごうかい》に笑った。

「大丈夫ですよ。うちにはがんになる系統《けいとう》はないもんで」

「それ、迷信だそうですよ」

そばで聞いていた乙女がたまりかねてやんわり言い返したが、昌代は明るく言い放った。

「あら、だって先生の奥さん、がんで亡くなっちゃったじゃないですか」

「ありがとうございます。これはお気持ちだけいただいておきますので」

金八先生はなんともいえない気分で、礼を言った。子どもががんを宣告された父親の気持ちを自分がどんなにかき乱しているか、昌代はまったく気づかないらしい。箱をしまってからも、立ち去る気配《けはい》もなく親子は並んで玄関に立っている。金八先生から何の話題も出ないと知ると、昌代は一瞬の沈黙のあと、切り出した。

「それと、少々お願いがあって」

やっぱりかと、金八先生は昌代を招き入れた。チューは本当に幸作のことが心配だったのだろうが、母親の思惑《おもわく》は別のところにあったらしい。

「実はこのごろ、どうも財布《さいふ》の中の勘定《かんじょう》があわないもんだから」

「もういいよ！　ウソだよ！　ウソ、ウソ」

チューはあわてて母親をひっぱって帰ろうとする。

「何がウソだ。今日は母ちゃん、ばっちし現場を見たんだよ」

「だから、あれは……」

口ごもったチューに、金八先生もがっかりしたような声をかけた。

「あれもこれもない。崇行だけはそんなことする子じゃないと先生は信じてたのに」

「だってさ、おれ」

泣きそうな顔になった息子をちらと見て、昌代が腹立たしげにテーブルをたたいた。

「今井儀《ただし》に金せびられてたんです」

「今井儀？」

金八先生は驚いて声をあげた。またも大問題だ。金八先生は幾度《いくど》も言葉を変えて事情を聞き出そうとしたが、チューはチクリ屋の汚名《おめい》が怖いのか、報復《ほうふく》を恐れてか、大好きな金八先生に対しても詳《くわ》しいことは何も言わなかった。

金八先生はチューと昌代を夕暮れの道へ送り出しながら、校長室で頭をかいていた儀《ただし》の人なつこい顔を思い出していた。儀はクラスの中ではひときわさわがしく、少々乱暴なところはあったが、活発でからっとした性格の生徒だと金八先生は思っている。自分の担任するクラス内でゆすりのようなことがあったかもしれない、ときいて、金八先生は何も気づかなかった自分を責めた。学校内では手を抜かないつもりでいても、ふと手をとめると点滴《てんてき》につながれた幸作の姿が脳裏《のうり》に浮かぶのをどうすることもできなかったからだ。

幸作のことを心から心配している人はほかにもまだたくさんいた。幸作を病院へ運んでくれた大森巡《じゅん》査《さ》も、その一人だ。ここのところ自転車でのひったくり事件が多いので、熱心に自転車パトロールをしていた大森巡査は、空を真っ赤に染めている秋の夕映《ば》えに思わずたちどまって仰《あお》ぎ見た。

「この夕焼けを幸作は泣きべそで見てるか思うと…」

幸作びいきの大森巡査が思わず涙ぐんだとき、向こうに自転車で行く人影が見えた。買い物に行くという母親と別れてのんびりと帰ってきたチューだ。大森巡査は鋭《するど》く笛を吹き、がぜん張り切って追跡《ついせき》を開始した。

「こらーっ、おまえはたしか三Bの山越崇行《やまこしたかゆき》だな」

「そうだども」

巡査と知って、チューがふざけてふりかえる。

「ふざけとらんで、さっさと白状すべし。このまえ、ケアセンターの木村トキ江を襲《おそ》ってバッグさ、ひったくったのはおまえだったと、本官はちゃーんとわかっとるんだ」

あっけにとられているチューの手首を大森巡査はがっきとつかんだ。


翌朝、教室はこのところ近所を騒がせていた自転車ひったくり魔はチューだったという噂《うわさ》でもちきりである。香織《かおり》やスガッチたちが騒いでいるのを耳にして、儀《ただし》は驚くと同時に愉快《ゆかい》だった。つい何日か前の夜、帽子を目深《まぶか》にかぶり、兄に命令されるまま、自転車ですれ違いざまに女の人からカバンをひったくったまでは計画通りだったが、被害者が大声をあげたので、近くをパトロールしていた大森巡査にあやうくつかまるところだったのだ。全力で路地《ろじ》をめちゃくちゃに走り、あの夜はなんとか逃げ切ることができた。朝の通学路などで巡査とすれ違うたびに、儀《ただし》は生きた心地がしなかった。チューが代わりにつかまったということは、大森巡査に顔を見られなかったのだろう。ほっとした儀は、皆の会話に割り込んだ。

「あいつならやりかねないよ、絶対に、奴だ」

「なんでそんなこと言えるのさ」

妙にきっぱりと言いきった儀《ただし》を里佳《りか》が不審《ふしん》そうな目で見る。あけすけすぎるほどのチューの性格をクラス中が知っている。面白おかしく騒ぎながらも、チューの事件についてはみな半信半疑《はんしんはんぎ》なのだ。けれど、儀《ただし》はもっともらしい顔で答えた。

「だって、奴はこの前から金貸せ、金貸せって言ってたろ。だれかに借金でもして思いあまってやっちまったに決まってる」

あまりにもぬけぬけとした儀《ただし》の嘘《うそ》にぞっとした直美《なおみ》は思わず直《なお》の方を見やったが、直《なお》は相変わらず無視をきめこんでいる。直《なお》は儀《ただし》の嘘《うそ》を見抜いているに違いないが、儀《ただし》たちの会話にはまったく加わろうとしない。

当のチューはと言えば、登校そうそう北先生につかまって、まっすぐに校長室へ連れていかれていた。ひったくりの被害者であるケアセンターのトキ江とセンターの介護士《かいごし》の高橋も同席して、突然きびしい調子ではじめられた尋問《じんもん》にチューは縮《ちぢ》み上がった。

「まったくもう！　次から次へとどういうことだ！」

校長の怒鳴り声でびくっと首をすくめたチューは、それでも小さな声で反論しようとした。

「でも、おれ……」

とたんに北先生の叱責《しっせき》が飛ぶ。

「校長先生に対しておれとは何だ、おれとは！」

「ごめんなさい」

反射的にあやまるチューに、校長は有無《うむ》を言わせぬ強さで決めつけた。

「それじゃ、やっぱり犯人は君なんだね」

チューは半泣きになっておびえている。やんちゃで人なつこいふだんのチューをよく知っているトキ江は、いたたまれなくなって口をはさんだ。

「ちょっと待ってくださいな。暗かったし、突然だったから、わたし」

「しかし、この子は昨夜も獲物《えもの》をねらっているところを大森巡査に職務質問されてるんですよ」

「でもおれ……、おれ……」

すすりあげるばかりで言葉にならないチューに、トキ江はやさしく言った。

「大丈夫よ。私はあんたじゃなかったような気がするもの」

「そうだよな。センターにもよく来てくれるし、そんなことをする子だとは思えないもの」

トキ江の言葉にほっとしたように、介護士《かいごし》の高橋も同調した。すると、校長は威圧《いあつ》的な視線を高橋の方へ向けた。

「では、だれがやったというんですか」

「私は介護士《かいごし》であって刑事《けいじ》じゃありません。わかるわけないでしょ」

すでにケアセンターに対する新校長の考えを伝え聞いている高橋は、負けずに校長に言い返す。そこへ、廊下から荒い足音がしてようやく金八先生と国井教頭が姿を見せた。

「金八先生!」

担任の姿を見るとなり、チューは駆け寄って抱きついた。金八先生の胸にしがみついて激しくしゃくりあげるチューをしっかりと抱きとめながら、金八先生は北先生をにらみつけた。

「またですか、北先生」

「いや、だからね、朝一番で大森さんから連絡があったから……」

「担任抜きで生徒を締《し》めあげるのはルール違反だと言ったでしょ。先生はいつから警察の下請《したう》けをやるようになったんですかっ」

「なにを言うんですか、僕は山越《やまこし》が正直に話せばですね」

北先生が言いかけると、金八先生に抱きついたまま、チューが叫《さけ》んだ。

「だからおれじゃないって、何度も何度も言ったじゃないか！」

涙でぐしょぐしょになっているチューの顔を見れば、それが嘘《うそ》でないことはだれの目にも明らかだった。形勢不利《けいせいふり》になってきた校長は黙っている。トキ江は、チューの背中をそっとなでた。

「ごめんね、私のせいでいやな思いをさせちゃって、ほんとうにごめんよ」

「それじゃ木村さん、あとは坂本先生におまかせして、私たちは」

高橋が冷ややかに校長を見やって出て行く。それを見送って、国井教頭が言った。

「北先生、私たちも〝子どもの権利条約〟を勉強しなおす必要がありますね」

明らかに校長へのあてこすりだった。校長はすっと目をそらせて答えない。北先生もそそくさと立って職員室へ戻って行った。迎える同僚《どうりょう》たちの目は冷たい。

「泣くなってば、こら。三年生だぞ、おまえは。中学最上級生なんだから」

金八先生は、中学一年生くらいにしか見えないちびのチューをはげましながら、校長室から送り出してやった。

校長室に残った三人がふと沈黙した瞬間をとらえて、校長が切り出した。

「ところで朝の十分間読書ですが、今度、教科が三割削減《さくげん》されることもあり、これをとりやめ、授業にまわすことにしたいと思いますが」

「いや、校長先生、これだけは続けさせてください。お願いします」

金八先生は即座《そくざ》に反対した。朝の十分間読書とは、朝の学活を始める前の十分間を教師も生徒もそろって各自の好きな本を読むという試みである。桜中学では金八先生が提案して、始めた頃は半信半疑《はんしんはんぎ》だった先生方も、今では確実に手ごたえを感じていた。生活の中からゆっくり本を読む余裕がどんどんなくなっていく中、それは生徒にとっても教師にとっても貴重な時間である。それまで本に触《ふ》れることすらなかった生徒さえも、この朝のひと時は夢中でページを繰《く》っている。

「しかし、これは改革の手始めとして」

「いえ、それはかえって改悪になります。今やこの運動は全国的に広がっています。それはそれだけの効果があるわけでして」

金八先生が引き下がらないとみると、校長は最初から何かと反抗的な金八先生を無視して国井教頭を見た。

「教頭先生はいかがですか」

「各学年とも、先生方の感想では朝の部活などでざわついた雰囲気《ふんいき》のままの生徒もいて、一時限目は着席させるのも困難だったのが、全員集中読書の習慣がついたせいでしょうか、実に静かに授業に入れるという効果をあげてきております。もちろん私どもは校長先生の本校における改革計画には全力をあげる覚悟でおりますが」

校長は値踏《ねぶ》みするように国井教頭を見ていたが、やがて言った。

「……ありがとう。当分は教頭先生に仕切っていただきましょうか。その方がいいようですから」

金八先生が教室へ行ったときには、チューの涙はもう乾《かわ》いていた。校長と北先生の横暴《おうぼう》ぶりについて、珍《めずら》しく儀《ただし》と意気投合しているらしい。担任が入って来ると、チューのまわりにできていた輪がばらばらとくずれ、皆それぞれの席におさまった。金八先生はいつものように信太《のぶた》の席を目でさぐるが、案のじょう今日もまた空席だ。

「なあ、信太とは小学校からいっしょだった者もいるんだろ。こう遅刻早退常習犯ではまずいよ。だれか、朝の声かけしてくれる人はいないのかな」

金八先生の嘆《なげ》きに返ってくるのは、しらけた沈黙ばかりだ。信太は嫌われているわけではなかったが、教室へやってきてもふわふわとつかみどころがないせいか、決まった友だちはいない。それでも、情報通のチューだけはさすがに気にかけていたようである。

「けどさ、先生が心配してるから、おれ、ときどき寄ってやってんだぜ。けど、とっくに家を出てたりしてさ」

「じゃあ、学校へ来るまで、どこで何してんだ?」

「そんなこと知るかよ。ただとさ」

「ただ?」

「うーん」

チューが困って言葉をにごすと、香織《かおり》が後をひきとって言った。

「近ごろおばはん、荒れてるみたい」

「それにしては化粧《けしょう》けばいじゃん」

つられて江里子《えりこ》が茶化し、美紀が嬌声《きょうせい》をあげた。

「フリン、フリン！」

「こら！　無責任な噂《うわさ》は許さんよ」

金八先生の叱責《しっせき》に、美紀がぷっとふくれた。

信太のいないまま、朝の十分間読書の時間になり、金八先生は昨夜遠藤先生にもらった『種まく子供たち』を読みはじめた。金八先生のいつもとは違う真剣そのものの表情を、生徒たちがちらちらとうかがっている。直《なお》の読んでいるのは『トランスジェンダーの時代』、まだ教室でほとんど口をきいていない政則《まさのり》の本の背には『少年法』とある。


チューの言うとおり、信太《のぶた》は特に寝坊なわけではない。最近では両親の口論《こうろん》が目覚まし代わりになっている。信太の家は一階が父親の経営する工場だ。最近は不況にあおられてかなり苦しいらしいのは、一人っ子の信太にもよくわかる。数人の従業員とともに一日家で働く父親の浩造《こうぞう》に対して、母親の町代《まちよ》はこのところ留守が多くなった。出かけるときの服装が日に日に派手《はで》になると同時に、家にいる時間は減っていった。夫婦が顔をあわせる短い時間は、その大半がいがみあいである。ぎすぎすした空気に身をおくのがつらくて、信太もまたなるべく家にいる時間を少なくするために、街をふらついたり、土手で昼寝をしたりしていたのだ。二人の怒鳴《どな》り声はベランダで寝そべっている信太の耳にもびんびんと響いてくる。信太は思わず手で耳をおおった。

「おい！　朝っぱらから、どこほっつき歩きに行くんだ！　みんな死に物狂《ぐる》いで仕事してんだぞ！」

「金策《きんさく》に決まってるだろ、文句ある？」

「とぼけるな！　そんななりして何が金策だ！」

「バカ言っちゃいけないよ。今どき、貧乏ったらしいかっこうして泣きごと並べて、どこが金貸してくれるんだよ」

「当節、どこも貸し渋《しぶ》りなんだ。金策、金策とかっこつけてるヒマに、ちったぁ手伝ったらどうなんだ」

「だったら、どうやってみんなの給料が入ってくるのさ。ひとが朝から頭下げまくって歩いてんのに、仕事手伝えだって？　いいかげんにしてちょうだいな」

険《けん》のある言い方は、以前の母親からすると別人のようだ。町代は言葉づかいこそ威勢《いせい》のよい江戸っ子ふうで、決して丁寧《ていねい》な方じゃないが、以前はよく笑う明るい母だった。

「世間じゃどこも人減《べ》らししてるというのに、あんたのお人よしで私はもう一人分の給料、かき集めなきゃなんないの」

「いいかげんにしろ！」

浩造が一段と声をあらげた。町代があてこすったのは、工場で働く唯一の女性、妙子《たえこ》のことである。夫を仕事中の事故で亡くし、三歳の娘をかかえて寡婦《かふ》になってしまった妙子に同情して、人手が余っているにもかかわらず浩造が新しく雇《やと》ったのだった。

「ああ、やだ、やだ。働きゃ働くだけ赤字なんだから。こんなぼろ工場さっさとたたんだ方がいいんだ。ああ、いらいらする！　どいてってば！」

いつもの口論《こうろん》を、聞かないようにしながら仕事をしている従業員たちを荒っぽくかきわけるようにして表に出ると、そこで遊んでいた妙子の娘のエリカはびっくりして泣き出した。町代は憎にくしげに幼女を見ると、乱暴に叫んだ。

「ああ、いらいらする！　なんとかしてよ！」

「どうもすみません」

さっと走りよってエリカを抱き合げる妙子を尻目《しりめ》に、町代はハイヒールの靴音をひびかせて出て行った。

心配そうに社長の顔色をうかがう従業員に、浩造は断固《だんこ》として言った。

「なんぼちんけな工場でも、つぶされてたまるか。おまえさんたちの腕はこの国の宝なんだ。おれたちは仕事が命なんだよ」

けれど、浩造自身もまた、これからどうやって工場の仕事を存続させられるのか、見当がつかないのだった。

信太はベランダから、町代が出かけていくのを目で確かめ、ようやく起き上がった。

「あー、やんなっちまうよなあ……」

自然とそんな言葉が口をついて出てくる。信太はのろのろと家を出た。

校門を入って一人でふらふらとやってくる信太の姿をみとめて、ケアセンターの前で車椅子《いす》にすわって日向《ひなた》ぼっこの小野寺《おのでら》エイはだれに言うともなくつぶやいた。

「しようがないね、あの子んちも。子どもは何が嫌かって、親のけんかがいちばんたまんないのにさ」

エイの孫の良輔《りょうすけ》はたいへんなおばあちゃん子である。勉強はからきしだが、優しい子だ。在学時はケアセンターに入りびたりで、お年寄りたちにかわいがられ、ここでようやく漢字と将棋《しょうぎ》をおぼえて卒業した。良輔とさほど年の変わらない信太が、手持ち無沙汰《ぶさた》に寂《さび》しそうにしているのが、エイには不憫《ふびん》でならなかった。

信太がふらっと入っていくと、三Bは文化祭の演目《えんもく》を決める話し合いの真っ最中だった。といっても、皆が相手の意見をきかずに好き勝手に発言するので、教室は騒がしかった。陽子は堂々と参考書をめくっているし、正臣《まさおみ》と奈津美《なつみ》は囁《ささや》きあってはくすくすと笑っている。話はいっこうに進まず、学級委員の美保《みほ》だけが四苦八苦《しくはっく》していた。とっくに演目の決まったC組からは和太鼓《わだいこ》をたたく音が、A組からはコーラスの練習が聞こえてきて、それがよけいに焦《あせ》りをあおる。

「おれはいいよ、かったるいよ」

一寿《かずとし》が投げやりに言うと、美保はキンキン響く声で叫んだ。

「そんなこと言ってたら、時間はどんどんなくなるのよ！」

下級生に対するメンツもあって、棄権《きけん》するわけにはいかない。スガッチは、祖父直伝《じきでん》の得意の太鼓《たいこ》をやりたいとはりきっているが、C組相手に今からでは勝ち目はない。英語の得意な繭子《まゆこ》は白雪姫の英語劇を提案した。しかし、文化祭でまで勉強しようというのはやはり少数派だ。手品《てじな》、ジャズダンスと、それぞれが自分の趣味を主張する。美紀グループは団結して阿波《あわ》踊りを推《お》していた。

「好きにやれ、なんでも。好きな奴が好きによっ」

儀《ただし》が吐き捨て、話し合いはいっそう混乱する。

「やっぱ阿波《あわ》踊り。美紀《みき》と香織《かおり》に教えてもらってパーッといけばいいじゃん。スガッチに樽《たる》でも鍋《なべ》でもたたかせてやるからさ。音楽あり踊りあり、派手《はで》なのがいちばん！」

江里子《えりこ》が言うと、美紀たちと仲のよい充宏《みつひろ》も裏声《うらごえ》でしなをつくった。

「賛成！　アタシ、赤い長じゅばんで大サービスしちゃうわよ」

「気持ちわる！　オカマ」

「アホ踊り」

たちまち野次《やじ》がとぶ。そのとき、ずっと黙っていた直《なお》がよく響く声ではっきりと言った。

「赤い長じゅばんなんて、絶対いやだ！」

一瞬、あたりの空気が冷えるような迫力だ。ポケットに手をつっこんだまま、前を見つめている直の横顔を、美紀はにらみつけた。

「そんなら、鶴本さんは何が得意？」

美保がきくと、直は、マラソン、とそっけなく答えた。美保はがっくりきて、やはり終始黙《しゅうし》っていたもう一人の転校生に目を向けた。

「じゃあ、成迫《なるさこ》くん、何か得意技《わざ》があったら教えてください」

「悪いけど、別に……」

政則はうつむいて、小さな声でそれだけ言った。気の弱そうな転校生の様子を、儀《ただし》が後ろの方から獲物《えもの》をねらう目でじっと見ていた。

休み時間になると、儀はすっと政則の机へやってきた。

「よっ、おまえんち、金持ち?」

「べつに」

「小遣《こづか》い、どれくらいもらってる?」

「たいしたことない」

政則が緊張すればするほど、儀はリラックスしてずうずうしくふるまう。

「ちえっ、金借りようと思ったのによ」

儀と政則のやりとりを、賢《けん》と美保《みほ》と直《なお》がそれとなく気にしているようだ。ちょっと思《し》案《あん》してから、儀は再び調子よく話しかけた。

「おまえ、昔、桜中で先生してた人の家《うち》に下宿しているってほんと?」

「あ、ああ」

「なんでだ？」

「なんでって……遠い親戚《しんせき》だから」

一瞬答えに詰《つ》まった政則が、小さくそう答えると、儀の目はずるがしこく輝いた。

「それ上等じゃん。ここで先生してたんなら、テスト用紙、手に入るべ。それ売ろうぜ、二人でよ」

とたんに美保のスポチャン用の刀が儀の脳天をぽかりとやった。

「何すんだよ、てめえ」

儀がすごむが、今度は反対側から同じスポチャン仲間の賢《けん》の助太刀《すけだち》だ。

「ばかなことばかり言ってたらチクるぞ、あほ」

「痛い目にあわなきゃ、ばかは治《なお》らない」

そう言いながら、二人は息をあわせて、スポンジ刀でぼこぼこたたいて儀を成敗《せいばい》した。

面白そうに横目で見ていた直《なお》は、おおげさな悲鳴をあげて儀が二人から逃げてきたとき、すっと足を出した。絶妙のタイミングで儀がうつぶせに倒れる。その背中を直は悠々《ゆうゆう》と踏《ふ》みつけて外へ出て行った。賢はあっけにとられて直の行動を見ていたが、今度は本当の怒りで顔を真っ赤にして立ち上がる儀を見ると、あわてて言った。

「悪かった、ごめん。はずみでつまずいて。わざと踏んだんじゃないんだ」

背中で賢の言葉を聞いた直の唇《くちびる》に、珍しく微笑が浮かんだ。

「うっせえ！　バカにしやがって。ただですむと思ったら、大間違いだ」

賢に踏まれたと思った儀は、ものすごい形相《ぎょうそう》で賢につかみかかる。その様子を見て、政則は体を硬直《こうちょく》させた。顔から血の気がひいている。あわやというところで、平八郎《へいはちろう》が割って入ってむんずと二人を分けた。

「わめくな」

平八郎の声は穏《おだ》やかだが、クラスでもずばぬけた体格でそう言われると迫力がある。儀もかなわないとわかっている相手とけんかする気はなかった。儀が行ってしまって、賢はふと思いついて、そばで見ていた政則に言った。

「なあ成迫《なるさこ》、おまえもスポチャンやらないか。痛くないし、だれも怪我《けが》しないし」

「いや、僕は……」

政則はおびえたように目をふせた。

直《なお》は文化祭の話し合いで美紀《みき》たちのグループを決定的に敵にまわしたらしい。休み時間になっても、直に話しかける女子はいない。直は気にする様子もなく、友だちをつくろうとして自分から話しかけるようなこともなかった。クラスで孤立《こりつ》している直美《なおみ》だけが、度胸のいい直の言動に惹《ひ》かれるのか、いつでもそっとそばにいて直を見ていた。直は、直美も美紀も眼中《がんちゅう》になかった。けれど美紀たちは、女生徒間《かん》の約束事を軽がると踏み越えていく直のことが気になってしようがない。学校からの帰り道でも、話題はついつい直の悪口になる。

「なによ、偉《えら》そうにあの子ったら」

里佳《りか》が憎たらしそうに言うと、江里子《えりこ》も奈美《なみ》も口をそろえる。

「リバーサイドマンションだってさ」

「それでツンとしてるんじゃない。やだねーっ」

「おまけに、何考えてるのかわかんない」

リバーサイドマンションは、このあたりの下町ふうの街並みに似つかわしくなくそびえている新しい高層マンションである。転校初日に付きそってきていた直の母親の慇懃無礼《いんぎんぶれい》な話し方もまた、生徒たちに反感を与えていた。

「シカトでいくか、これは」

リーダー格の美紀《みき》が判決を下《くだ》した。そうと決まると、充宏《みつひろ》が細く剃《そ》った眉《まゆ》をつりあげて、面白そうにひそひそ声で言った。

「ね、あいつ、今朝、何の本読んでたと思う?」

「どうせ、キザな奴なんでしょ」

「なんとかジェンダーの時代とかなんとか」

「ジェンダーって何よ」

「よく知らないけど、性のことじゃない?」

「性って、セックスの性? やらしーいっ」

香織《かおり》がおおげさに叫《さけ》ぶ。

「けど、なんとかジェンダーって、なんだ?」

自分で言っておきながら、充宏にもよくわかっていないようだ。聞かれた里佳も首をかしげた。

「ま、色気はあるってことなのかな」

美紀の言葉に、里佳は小馬鹿《こばか》にしたように鼻で笑った。

「男みたいなくせしてねえ」

「けど、美形だよ。かなりの」

真顔《まがお》でそう言った充宏を、美紀たちがいっせいににらみつけた。目鼻だちのととのった顔と、額《ひたい》にふりかかるさらさらした髪。長いまつげのむこうの凛《りん》としたまなざし。充宏でなくても、直《なお》をはじめて見た人は美しい少女だと言うはずだ。

「へえ、ミッキーはああいうの、好みなんだ」

「どうせ、私たちはドブスだよ！」

うっかり正直に言ってしまって、充宏は美紀たちの攻撃に身をかがめた。

しかし、たとえ充宏が直の目の前で賛辞《さんじ》を述べたところで、直は気にもとめなかっただろう。学校が終わるとジャージからぞろりと長いスカートに着替えて、直は少し大またの悠々《ゆうゆう》とした足取りで帰っていく。商店街で、目の前に赤いカバンを斜《なな》めがけにしたひょろりとした少年が前を行くのに気づき、直は思わず呼びかけた。

「おい」

振り返った信太《のぶた》はまたたこ焼きを手にしている。

「おまえ、歩きながらもたこ焼き食うのか？」

「おう」

「給食、食ったくせに」

「食いたいときに食うのがおれの主義。食うか？」

信太はかまわず頰《ほお》ばりながら、気前よくまた直の方へ容器を差し出した。

「ああ」

「おまえも、かなり変な奴だな」

直がためらいなく一つとって口に放り込むのを見て、信太は少し愉快《ゆかい》そうである。

「そっか？」

「男みたいな口きいてよ」

「おまえが男だからさ」

「そっか、けどおまえ、今のまんまじゃシカトだぜ」

「上等。その方がすっきりしていいい」

信太は思わず直の顔を見たが、無理につっぱっているようにも見えない。

「やっぱ、変わってるよ、おまえは」

「おまえもな」
即座《そくざ》に言い返す直の声は、かすかな親しみを含んでいた。

商店街をあてもなく歩き回るのにも飽《あ》きて、信太がのろのろと家へ戻ってくると、まだ日も暮れていないのに、従業員たちが帰るところだった。信太が小さいときは工場には夜遅くまで明かりがともって、父親も従業員もよく遅くまで働いていたものだったが、最近は、残業しようにも仕事がないらしい。妙子《たえこ》に手をひかれて出てきたエリカが、おにいちゃん、と小さな手をふった。小さなスカートに小さな靴。何が入っているのか一人前《いちにん》に小さなリュックまでしょって、精巧《せいこう》な人形みたいだ。信太はくすりと笑って、手を振りかえしてやった。夫婦喧嘩《げんか》の始まる前に従業員たちは姿を消す。信太を小さい頃から知っている山口は、自分たちとは入れ違いに家の中へ姿を消す少年の後ろ姿を同情の目で見送った。

一時間もしないうちに町代《まちよ》は、派手《はで》なスーツ姿で買い物袋をさげて帰ってきた。夕食の食卓には、コンビニで買ったおかずが白い発泡《はっぽう》スチロールのまま並べられた。しかし、箸《はし》をつけるより先にののしりあいがはじまった。

「なによ、人は金策へ走り回ってんのに、残業もさせないでみんな帰しちまうなんて」

「残業代が払えれば、だれが帰すか」

「これじゃあ、まったくの私のひとり相撲《ずもう》だ」

「ひとりじゃ相撲はとれねえだろ」

浩造《こうぞう》がおもいきり皮肉っぽくあてこするが、町代は負けてはいない。

「やに奥歯に物がはさまった言い方ね」

「人の口に戸はたてられねえんだよ」

「いい年して変な勘《かん》ぐりしないでよ！」

浩造は知り合いが、親切心からか、面白がってなのか、自分の耳に入れた妻の噂《うわさ》を思い出して身を震《ふる》わせた。

「この際はっきりさせようぜ。金策、金策と偉《えら》そうに壁塗《かべぬ》りして出かけてるけど、千住《せんじゅ》のバーで派手《はで》に騒いでいたという払いは、その金策から使ったもんだろ、えっ」

「そうよ、私だってパーッと飲みたいし歌いたくもなるの。なによ、気むずかしい顔しながら、自分はビールの一本、節約《せつやく》する気もないくせに」

夕食には手もつけず、真っ赤になって怒鳴《どな》りあっている二人には、同じ食卓について縮《ちぢ》こまって食事をしている息子のことなど、目に入っていない。

「自分で働いたゼニで飲んで、どこが悪い？」

「すぐ、それだ。もうたくさん！　気に入らなければ、いつだって出て行くわよ。そのかわり、そん時はこの土地と建物、半分は私の権利なんだからね」

母親がそうタンカを切ったとき、信太は突然箸《はし》と茶碗《ちゃわん》を投げ出し、立ち上がると食卓に手をかけていきなりひっくり返した。

「宏文《ひろふみ》！」

「なにするんだ、おまえは！」

仰天《ぎょうてん》して怒鳴《どな》る両親に、はじめて信太は怒鳴り返した。

「うっせえ！　もうたくさんなのはこっちだ！　二人ともそんなに嫌《きら》いなら、さっさと別れたらいいじゃないか！」

叫《さけ》んだ勢いで信太はそのまま外へ飛び出した。

「くそぉ、くそぉ、くそぉーっ」

あふれ出る涙をぬぐいもせずに信太は走った。めちゃくちゃに走って、疲れて気づくと、金八先生の家の前に来ていた。けれど、家の明かりは消えている。金八先生も乙女も安井病院へ行っているのだが、坂本家の事情を信太は知る由《よし》もない。あきらめきれずにチャイムを押すが、もちろん返事はない。日はとっくに落ち、商店街の店にもシャッターが下りている。夜になってしまうと、信太は自分には居場所がないことをはっきりとさとった。

仕方なく、信太はとぼとぼと家へ戻っていった。

蛍光灯の痩《や》せた明かりの下に、食卓はひっくり返り、食器と食べ物が散乱した中に、浩造《こうぞう》がすわり込んでいた。呆然《ぼうぜん》と見下ろす信太に、父親は向こうを向いたまま、憎にくしげに言った。

「出て行ったよ、あの女」

黙って突っ立っている信太に、浩造は〝あの女〟が他人であるかのように言い、そのあとは信太の顔も見ずに命令した。

「遅かれ早かれ、こうなる日が来たのさ。ふざけやがって、頭を下げてきたって金輪際《こんりんざい》この家へ入れてやるもんか。いいな、宏文、今日から母親は死んだもんと思え」

「……思えるわけ、ないじゃん」

「思うんだよ。男がこういうときに歯を食いしばらなくてどうするんだ」

そう言いながら、浩造は威勢《いせい》よく床をたたいた。酔っているのだ。

「うっせえ！　生きてんのに死んだなんて思えるわけねえだろ！」

やりきれない思いで信太が体ごと突っかかっていくと、浩造は食べ物の散らかった床《ゆか》にあっけなく仰向《あおむ》けに倒れた。信太は父親の上に馬乗りになって、その胸ぐらをつかんで揺《ゆ》さぶった。

「なんでだよ、なんで本気で別《わか》れちまうんだよ！　二人ともおれのことをなんだと思ってんだよ！」

浩造はされるがままに右へ左へと揺れながら、どこか遠い目つきをしている。

その翌朝、ふつか酔いで寝ている父をそのままに、信太《のぶた》は登校時間に家を出た。途中まで来たが、やはり学校へ行く気はしない。信太は土手《どて》の草むらに体を投げ出し、流れる雲をながめた。

「どこへ行っちまったんだ、あのばか親」

「ばかはおまえだ」

頭上から返事がふってきてびっくりして起き上がると、大森巡査《じゅんさ》である。

「学校サ、とっくに始まってるでねえか。さっさと行くべし！　この遅刻常習犯めが」

結局、大森巡査に連行《れんこう》される形で、信太は登校した。

教室に入ると、三Bは担任の国語の授業の最中である。いつものように片手でひらひらと合図をしながら入ってきた信太を見て、金八先生はため息をついた。

「またかよ信太。だれかサイレンみたいに鳴る目覚し時計をプレゼントしてやる気がある子はいないかなあ」

「そんな金があったら、おれがほしい」

すぐに儀《ただし》がそう答えて、金八先生がたしなめた。

「今は信太の問題」

「そら、えろう、おおきに」

信太は突然関西弁になって、ひょこひょことおどけて席についた。

「なに言ってんだ、おまえは？」

「わてな、中学出たら大阪行って、お笑いの勉強しよかな思てるねん」

信太の奇妙な変貌《へんぼう》に、あかねがあきれて言った。

「信太、頭、大丈夫？」

「大丈夫や。今にテレビにもバンバン出て、ゼニいっぱいもうけて有名になったる」

一同があっけにとられて信太を見つめている。金八先生は歩み寄って、信太の額《ひたい》に手

いつもへらへらとして遅刻常習の信太にも、哀しい家庭の事情があった。

をあてた。

「どうした？　しっかりしろ。何があったんだ、いったい」

「心配あらへんよ。えへへへ、ひとりで練習してきたさかい、こないな関西弁では使い物にならんかな」

「なるわけないだろ！　みんなを驚かして変な遅刻の言いわけするんじゃない」

「そら、おおきにすんまへんでした」

金八先生がきびしい声を出しても、信太は相変わらず、自己流の関西弁で別人になりかわってしまったままだ。ばかにされればされるほど、調子にのっていく。

「まだ、やってる。このアホ」

「おう、わてはアホや。日本一のアホや。

それがどないした?」

悦史《えつし》と陽子が迷惑そうに顔をしかめた。

「授業妨害《ぼうがい》、反対!」

「先生、廊下につまみ出して」

しかし、思わぬ余興《よきよう》にスガッチは大喜びだ。

「つーまみ出せ、つーまみ出せ」

スガッチが歌いながらリズミカルに机をたたくと、なんと、信太もそれにあわせてひらりひらりと踊り出した。

「つーまみ出せ、つーまみ出せ」

美紀《みき》たちも合唱をはじめ、教室はとんだ騒ぎだ。

「こら! 静かにしなさい。信太もどうかしているぞ」

止めようとする金八先生に、賢《けん》が真顔《まがお》で口をはさんだ。

「いいじゃん、先生。ぼく、ふらふら信太がこんな面白そうにしているのはじめて見た。何かわからないけどいいじゃん」

「私も」

同意した声の主《ぬし》をふりかえると、直だ。

「だれだって、好きなだけ好きなことをやってみたい時がある」

一瞬どきっとさせるような、妙に実感のこもった直の言葉だった。しかし、今にも隣りのクラスから苦情が飛び込んできそうなうるささだ。

「わかった。けどな、中三と言ったら時と場合とけじめをしっかりと身につけていくときなんだ。お笑いは休み時間にたっぷり付き合ってやるから、信太、今はみんなの邪魔《じゃま》をしたらいかんよ、な」

そう言いながら、金八先生が席につかせようと信太の肩を抱いてやると、信太はそのましがみついてきた。金八先生はふと不安を感じて、信太を廊下へ連れ出そうとするが、信太は笑いでごまかした。

「れれれのへへへ、てへへへへへ」

騒然とする教室で、顔は笑っているが、おびえた子どものように体をふるわせている信太を金八先生はしばらく抱き続けていた。

放課後、信太は珍しくまっすぐ家へ帰った。けれど、母親が帰ってきた形跡《けいせき》はない。町《まち》代《よ》がどこに泊まったのか、気にならないはずはないのに、浩造《こうぞう》はかたくなに探そうとせず、町代の名を口にしなかった。二日目の夜も、とうとう町代は帰ってこなかった。

次の日の朝、浩造《こうぞう》は意地《いじ》になって慣《な》れない朝食をつくっている。中華なべと格闘している父親を信太はげんなりした思いで横目に見た。

「いらねえよ、そんな余計《よけい》なもん」

「ばか、ヤツがいなくたって朝めしぐらい父ちゃんが。おい、塩、塩はどれだ」

「知るか、遅刻しちまわあ」

信太がごはんに生卵をかけてかきこんでいると、裏口から声がして妙子《たえこ》がやってきた。男所帯《じょたい》になってしまったのを心配して、食事を作ってきてくれたのだった。思わぬ手料理のおかずで、信太がさらにごはんをかきこむのを、ついてきたエリカがニコニコと眺《なが》めている。乱雑だった流しが妙子の手にかかると、魔法をかけたようにすっと整った。

従業員たちが出勤してくると、妙子も工場の中で仕事をはじめる。カバンをかけた信太がのんびりと家から出てくると、家の前で遊んでいたエリカが寄ってきた。

「お母ちゃんのごはん、食べた?」

「うん、食べたよ」

「おいしかった？」

「うん、うまかった」

信太がそう答えると、エリカはうれしそうに笑って、信太の手をにぎった。信太の手のひらにすっぽりおさまる小さくてやわらかい手だ。思いがけない感触《かんしょく》に信太はふっと心の底がくすぐったくなった。

「あのな、お兄ちゃん、学校」

「エリカも」

エリカは小さな手に力をこめた。三歳くらいで、忙しい人と自分と遊んでくれそうな人の見分けがつくらしい。

「しょうがねえな。じゃ、そのへんまでいっしょに行くか」

信太はまんざらでもなくそう言って、ぴょんぴょん跳《は》ねながら歩くエリカの手をひいて出かけた。信太が思った以上に、三歳児の話題は豊富だった。質問に答えてやると、そのたびにエリカは黒い目をくるくるさせて真剣な表情で信太の言葉をきく。そしてさらに思わぬ質問をしてくるのだった。二人はあっという間に意気投合《とうごう》した。やわらかな陽射《ひざ》しにつつまれた土手の道に来ると、初秋《しょしゅう》の気持ちのよい風が吹いてくる。信太は学生服の上着を脱《ぬ》いで裏返すと、なめらかな斜面《しゃめん》を選んで草の上に置いた。制服をそりにした土手すべりはエリカを狂喜《きょうき》させた。信太は何度も何度も、エリカを抱いて斜面を滑《すべ》り降りた。そのたびに、エリカの甲高《かんだか》い笑い声が鈴のようにころがり、青空に吸い込まれていく。

「おにいちゃん、もっと!」

二人は仲のよい兄妹《きょうだい》となって、秋の河原《かわら》をはねまわって遊んだ。

一方、一時間もしないうちに、工場の方は大騒ぎになっていた。近くで遊んでいるとばかり思っていた娘が急に消えてしまったため、取り乱した妙子《たえこ》は半泣きになって娘の名を呼びながら探し回った。浩造は工場の仕事は急きょ中断させ、従業員全員でエリカを探し始めた。誘拐《ゆうかい》かも知れないと思うと、妙子はもう不安でいてもたってもいられない。連絡を受けた大森巡査もいっしょに捜索《そうさく》をはじめた。手がかりをくれたのは、スーパーさくらの明子だ。配達の途中、土手で中学生が子どもと遊んでいるのを見たという。それを聞くなり、浩造《こうぞう》たちは土手へ、そして大森巡査は桜中学へ向かった。

そり遊びも満喫《まんきつ》し、エリカを連れて信太がゆっくりと登校してきたのとほぼ同時に、大森巡査の猛スピードの自転車も校門に着いた。

「おにいちゃんの学校だ!」

「ピンポーン！　そうだよおん」

のんきに会話しながらやってくる二人の背後から、物騒《ぶっそう》な呼び声がかかる。

「おい！　こら！　待て、誘拐《ゆうかい》犯め！」

あたりを見回す信太に、大森巡査がきめつけた。

「犯人はおまえだ！　そんなめんこい子サ連れ歩いて、おめサ何スてたんだ！」

「何スてたんだって、子守りサ、スてた」

口真似《まね》で答える信太を、巡査は呆《あき》れ顔であらためて見直した。

「バカタレが！　親たちゃ半狂乱《はんきょうらん》で子どもサ、探してるっつうに」

エリカは突然現れて怒鳴《どな》る警官におそれをなして、信太の背中に隠《かく》れている。

「エリカちゃんだべ、なあんも心配いらんよ。さ、本官がお母ちゃんとこ連れて行ぐね」

結局、校庭で信太は仮の妹を巡査に取りあげられてしまった。悪気がないのを知っている巡査はそれ以上、信太を追及《ついきゅう》せず、信太は校庭に一人取り残された。

休み時間、釈然《しゃくぜん》としない気持ちでしょんぼりすわっている信太に、直《なお》が近づいてきた。

「やっぱり、おまえはばかなんだ」

「なんでえ」

「かわいかったからというのは、どの誘拐犯でも決まり文句なんだ」

「仕方ねえだろ。お兄ちゃんといっしょ、なんて離れねえんだから」

信太の言葉を聞いて、賢《けん》がすっと横からかばった。

「そこが信太のいいところさ、なあ」

「けど、やっぱやんなっちゃうぜ。まただれかの大目玉だ」

「自業自得《じごうじとく》」

そういい捨てて直《なお》はさっと行ってしまう。けれども、たいがいのことには無関心の直がわざわざ声をかけてきたこと自体、直流の慰《なぐさ》めであったらしい。

「変わってんだろ、あいつ」

去っていく直を目で指して言った信太に、賢は笑って答えた。

「それはおまえの方だ」


案のじょう、家へ帰った信太には父親の大目玉が待っていた。

「このバカタレが！　小さい子にもしものことがあったら、半狂乱にならない親がどこにある？　いくらお兄ちゃんといっしょに遊ぶって言ったってな、学校の教室まで連れて入れるわけねえだろ、このアホンダラが！」

テーブルの前で信太はうつむき、エリカはしゃくりあげて泣いている。妙子《たえこ》が信太のしゅんとした様子を見かねて、口をはさんだ。友だちもおらず、日中《にっちゅう》のほとんどを一人遊びで過ごすエリカが、信太にくっついて行ったのは無理もないことだった。優しい信太はエリカをふりはらうことができなかったのだろう。

「社長さん、私が悪いんです。遊んでいたエリカから私が目を放したばっかりに」

「あたりまえだ！　いくら娘が気になったからといって、肝心《かんじん》の仕事から目を放したら怪我《けが》のもとだ。労災《ろうさい》は亭主だけでたくさん、これ以上面倒《めんどう》は見きれないよ」

「はい、それはもう……」

「わかったらメシだ、メシだ！　こちとら昼ものどを通らなかったんだから、腹ぺこだ」

そう怒鳴《どな》った浩造《こうぞう》の表情は、今朝《けさ》の意地《いじ》を張った顔ではなく、なんとなくさっぱりとしている。母親に捨てられて苦しんでいる一方で子どもをあやしたりする息子の不思議な余裕《よゆう》に、浩造は自分を省《かえり》みたのだった。

メシときいて反射的《はんしゃてき》にコンビニへ行こうとした信太を、妙子がひきとめた。

「あ、ありあわせでよかったら、何かつくりますから」

おにいちゃんと食事ときいて、エリカがぴょんと跳《は》ねた。

「エリカ、カレーがいい！」

「カレーか。材料あるのか」

浩造は息子にきくが、信太も父同様、台所の中のことなどまったく知らない。

「たまねぎならそこに」

「あとはジャガイモだ。他になんかないか探せ、ほら」

バタバタと三人の奇妙な共同作業を、エリカが楽しそうに眺《なが》めている。

Ⅳ　たたかえ、幸作！

ヤケを起こしそうな幸作に、金八先生はけんめいに語りかけた。

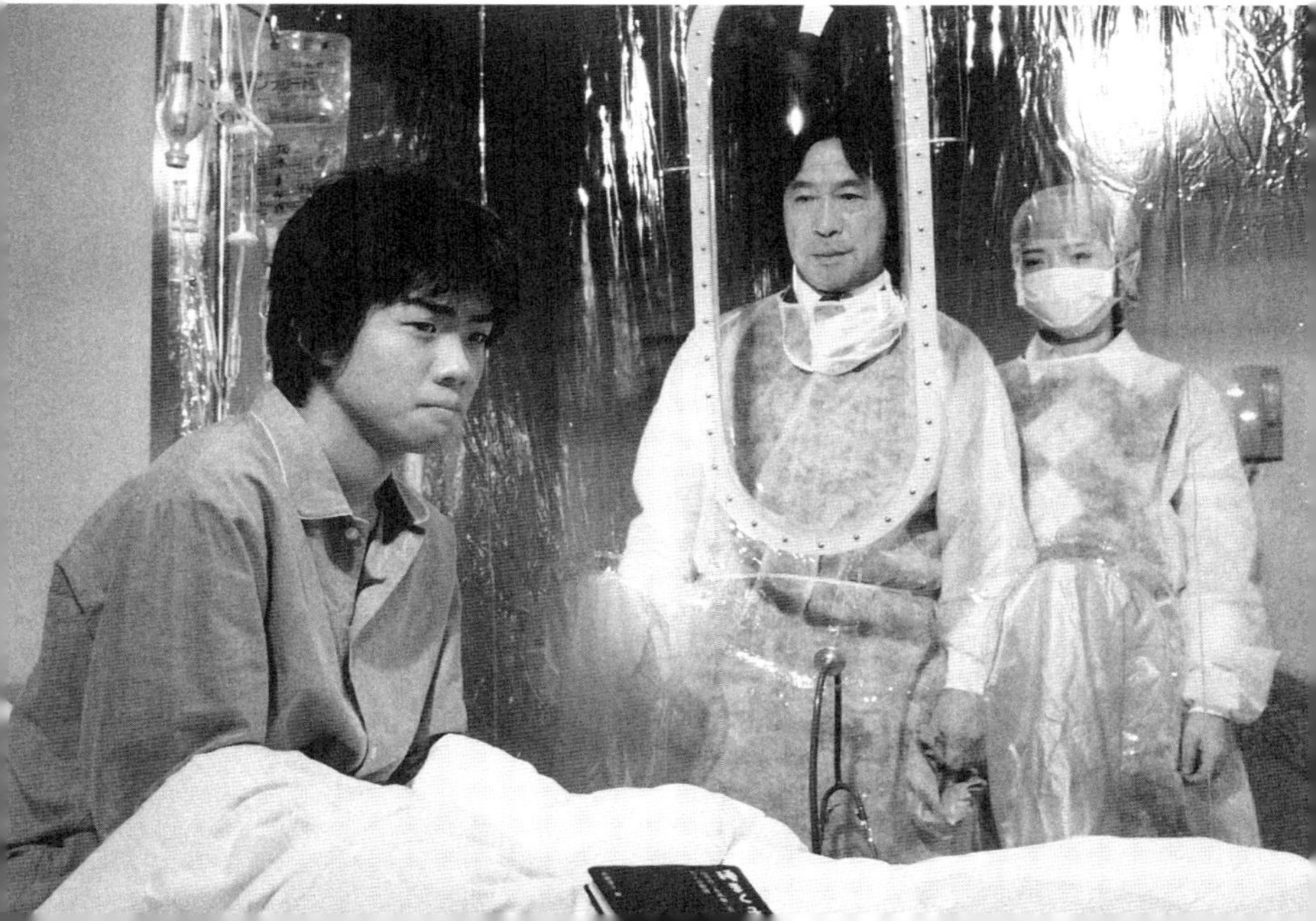

幸作はクリーンルームに移されてから、人が変わったようだ。笑顔を見せる余裕はほとんどなく、神経をひりひりさせている感じだ。看護婦は薬の副作用だから心配ないと説明していたが、間《かん》けつ的に襲《おそ》ってくる激しい吐き気は、幸作の気持ちを猜疑心《さいぎしん》で黒く塗《ぬ》りつぶしていく。疑い深くこちらをにらむ幸作の顔を見て、金八先生は早くも嘘《うそ》の限界がきていることを感じていた。

その日の放課後、早めに仕事をきりあげて職員室を出ようとする金八先生の顔を、本田先生はじっと見つめた。

「だめですよ、坂本先生」

「え?」

「幸作君には今日話すおつもりなんでしょ。今からお父さんが緊張されていたら、患者さんの方がまいってしまうわ」

「はい」

神妙《しんみょう》に応《こた》える金八先生に、本田先生は大丈夫、というように微笑《ほほえ》んだ。

「がんばってというのはふさわしくないので、慎重《しんちょう》に、細心の注意と勇気を持って」

乾《いぬい》先生からも声がかかる。

「はい、ありがとうございます。行ってまいります」

同僚《どうりょう》たちに励まされて、金八先生は学校を出た。

安井病院では、ちはるが待っていた。腕にノートパソコンを抱《かか》えている。

「あまりうるさがれないようにってパパが言うから、一日に一回だけは顔を見るようにしているんだけど……」

ちはるはそう言って言葉をにごした。

「機嫌悪い？」

「ものすごく」

「すまないねえ。あいつ、これまで病気らしい病気したことないから、ちはるが見舞ってくれても、どういう顔していいのかわからないんじゃないかなあ」

「うーん」

幸作の不機嫌《ふきげん》が照れなどではないことはわかっていたが、最近の幸作の絶望感を口にしてはいけないような気がして、ちはるは口をつぐむ。二人はエレベーターをあがり、慎重に消毒の儀式を経《へ》て、白衣と帽子で身をつつみ、幸作の病室へ向かった。

背を起こしたベッドにもたれかかっている幸作の布団《ふとん》の上にちはるはそっとノートパソコンをのせた。

「ちはるが自分のを貸してくれるってさ」

「私たちはケイタイで打てるけど、病院内では電磁《でんじ》でいろんな計器がくるうから」

にこっと笑いかけて説明するちはるに、幸作はつっけんどんに怒鳴《どな》った。

「そんなことぐらい知ってるよ！」

「幸作！」

金八先生は驚いて息子を見つめた。幸作は他人の親切をむげにするような少年ではなかったはずだ。それが大好きなちはるにこんな乱暴な話し方をするとは。けれど、ちはるはとまどいも見せず、笑顔のまま続けた。

「だから、使ってよ。私はパパのも借りられるし、ケイタイもあるからぜんぜん平気なんだ」

「だからおとなしくこの個室に監禁《かんきん》されてろってことか」

幸作の口調《くちょう》は毒をふくんでいる。しかしどんなに理不尽《りふじん》にからまれても、ちはるは優しく幸作を見守っている。自分の知らぬ間に暴君《ぼうくん》と化していたらしい息子の顔を、金八先生はまじまじと見つめ、穏《おだ》やかに聞いた。

「おまえはちはるにいったい何を言ってるのか、わかってんのか」

「わかんない、おれには何もわかんない！」

声こそひくいが、それは幸作の悲鳴だった。優しい幸作を知っているちはるは、今の幸作の荒れようがよけいに痛々しくてならない。

「だったら、なんでも聞いてよ。私にわかることなら答えるから」

「医者でもないくせに、おれのことがちはるにわかるわけないだろ！」

金八先生は幸作の動揺を前に乱れる心をけんめいに落ち着けて、穏やかに話しかけた。

「そんなにいらつくなよ、幸作」

「おれは、一日中たった一人なんだぜ、父ちゃん。時間には脈とって熱はかる看護婦のミドリさんが来て、主治医《しゅじい》の先生が来るだけでさ、あとは何してろって言うんだよ！」

「アホ、病人に内職やれという人間がどこにいる？」

「けど、その気になればこれでゲームソフト、つくれるかも知れない」

パソコンを指して、機嫌をとるように微笑《ほほえ》むちはるを、幸作はぎろりとにらむ。

「見ろ、言った通りじゃないか。どうせここから出られないから、これで遊んでろってわけだろ。おれは、おもちゃ渡されて喜んでいるガキじゃない。ただ、みんなの言うこと聞いて守っていればよくなると言うから我慢《がまん》してんのに、歩くのだって大変になっちまったじゃないか！」

布団《ふとん》の上のパソコンをぐいと押しやり、幸作は弱った体をしぼるようにして叫んだ。その悲痛な姿に、金八先生は言葉もない。

「だからおれは、家に帰りたいと言い続けてたんだ。こんなところにいつまでもいたら、一生帰れなくなるに決まってる。それなのに、本当にだれも、顔見せにもこないし、おれの気持ち聞きに来てくれる奴もいない。健次郎だって、邦平《くにへい》だって、恵美《めぐみ》だって」

「だから、その代わりのコンピューターだろ。健次郎とだってだれとだって、好きなだけEメールでしゃべれるんだから」

「ううん、健ちゃんも邦平も、みんな心配して来てるのよ。でも……」

ちはるがはっとして口をつぐんだのをめざとく見て、幸作は目を光らせた。

「でも、なんだ？　おれの病気ってだれかにうつるのか？」

「幸作ったら」

「だから、そんな帽子かぶってんだろ、だから、みんな面会にも来ないんだろ」

困惑《こんわく》するちはるを幸作は容赦《ようしゃ》なく追及《ついきゅう》する。

「いいかげんにしろよ、幸作」

「いいから、ちはるも行けよ。安井病院の娘だからって、無理しておれの病気にうつることはないんだ」

わけを話そうとしないちはるにいらだって、幸作はわざとちはるの好意を踏《ふ》みにじるような言葉で挑発《ちょうはつ》する。その言葉はちはるを傷つけると同時に、幸作の心をも切り裂《さ》いた。何を言われても微笑で受け入れていたちはるの目に、はじめてうっすらと涙がにじむ。幸作はかたくなな表情で顔をそむけた。涙ぐむちはるの肩にそっと手をかけ、金八先生は幸作に向けて言った。

「ごめんよ、ちはる。私もね、幸作がこんなにもわからずやだってはじめて知ったよ。これ以上親切にしてくれなくていい、ほっときなさい」

「でも……」

幸作を気にしてためらうちはるに、金八先生は優しい目でうなずいた。

「今夜は、私も幸作とじっくり話さなきゃならないことがあるし、ほんとうにありがとう。大丈夫だから」

「……そうですか、じゃあ……これを」

ちはるはあらためてノートパソコンを金八先生に渡し、目を閉じたままの幸作を心配そうに見やると、そっと病室を出て行った。

「うん、お借りします。ありがとう」

ちはるを見送り、金八先生はパソコンをサイドテーブルに置くと、椅子《いす》をひきよせて幸作のかたわらにすわった。見ると、幸作の閉じたまぶたの目じりから、涙が一筋《ひとすじ》つたい落ちている。胸がしめつけられ、金八先生はそっと幸作の手をにぎった。幸作はびくっとして、その手を払《はら》いのけようとした。が、金八先生が手を離さないと知ると、今度はすがりつくように強くにぎり返してきた。ビニールカーテンで何重にもさえぎられた夜のクリーンルームはしんと静まりかえっている。


金八先生の話を聞き終えた幸作の表情は、意外に落ち着いていていた。

「……やっぱ、そうだったんだ」

「やっぱ、って?」

「おれだって、いろいろ考えたよ。リンパ腺《せん》におできができてるって言ったじゃん」

「ああ、そうだったな」

金八先生は前に幸作に追及《ついきゅう》されてとっさに答えた自分の言葉を思い出した。この何日間か、幸作は少ない手がかりをもとに最悪の事態まで想像をめぐらせたに違いなかった。真実を言わないすべての人間を敵にして。

「先生に聞いても看護婦さんに聞いてもはっきりしたこと言わないし、きっとよっぽど悪い病気じゃないかって」

「それは父ちゃんだって同じさ。けど、父ちゃん一生懸命勉強した。安井先生にも食《く》い下がったし、中学の本田先生にも教えてもらった。姉ちゃんだって一生懸命だった」

「うん……」

秘密がなくなると、ついさっきまで幸作をつつんでいたとげとげしい雰囲気《ふんいき》は消えた。がっくりと落ち込んではいるが、素直《すなお》に話を聞いているのは元どおりの幸作だ。

「個室へ父ちゃんがこんな帽子かぶって会いに来るのも、おまえの免疫《めんえき》力が低下しているから、悪いウイルスなんか持ち込まないようにするためで、健次郎や邦平《くにへい》も、ちはるにおまえの病状を聞きながら、一日も早く面会できるようになって励ましたいと言ってくれているんだ」

「……けど」

「うん」

「ほんとに治《なお》るのかな、おれ」

幸作は力のこもらない目で父親を見た。じっさい、入院してから幸作の体力は坂道を転げ落ちるように低下してきている。自分の体が思うように動かないのは、幸作にとって驚きであり、恐怖であった。金八先生は、本田先生の言葉を思い出しながら、しっかりと幸作の目を見つめかえした。

「治るとも。今はこの病気でみんな死んじゃうわけじゃないんだ。多くの人がもとの元気になれるんだってよ」

「うん……」

「けど、そのためには、この先まだつらい治療が続く。父ちゃん、おまえにそれを耐え抜いてもらいたくて、今夜は本当のことを話した。わかるな」

「うん……」

蒼《あお》ざめながらも、幸作は真剣な表情でこっくりとうなずいた。金八先生はかばんから一冊の本を取り出して、幸作の手に持たせた。

「だったら、気分のいいとき、少しずつでいい、この本を読んでくれ。ふつう小児がんというのは十五歳までの患者を言うので、おまえは少しオーバーしてる。けど、これは十六歳、十九歳の子とその親御《ご》さんの、言ってみれば闘病記だ。ここに体験した七人の物語は、そのだれもが決してあきらめない強さを持っている。生命《いのち》の大切さを父ちゃんはあらためて教えられた」

タイトルに『種まく子供たち』とあるその本を、幸作はおそるおそる開いてみた。

――「闘病している子供たちは、世の中にたくさんの『種』をまきつづけています。元気の種、勇気の種、思いやりの種……。そして、どの子供も野の花のように凛《りん》としています。その種がいつか芽ばえ、たくさんの人の心の中に育つことを願って、本の名前を『種まく子供たち』としました。どうぞこの本が、みなさまのもとへ、ひと粒の種となってとどきますように。二〇〇一年、春」

静かに読む幸作の横顔を、金八先生はかたわらにすわってじっと見つめていた。

しばらくすると、乙女がやってきた。入ってくるなり、金八先生と幸作の顔にさっと目をはしらせた乙女は、金八先生が「告知」したことをすぐにさとった。落ち着いている弟の顔を見て、ほっとした乙女は、とくべつ明るい調子で話しかけ、さっそくちはるの置いていったパソコンを立ち上げた。

回線をつなぎメールを開くと、もう健次郎からメールがとどいている。

「健次郎からだ……」

さすがにうれしさを隠せず、幸作はむさぼるようにメールを読んだ。

――「元気か、幸作。ごめん、あんまし元気なわけがないよな。

今、ちはるからおまえとメール連絡ができるようになったという知らせがあった。

すぐにでもとんで行きたいよ。けど当分はこいつでだべりあうことにしような。

おまえの病気を聞いたとき、ほんとうにおれ、信じらんなかった。

けど今は、おまえは絶対元気になって学校に戻ってくることを信じている」

返事のメールも打たないうちに、すぐに新しいメールが入った。

「今度は邦平《くにへい》からよ。すごいじゃない」

乙女が指で幸作の頰《ほお》をつついた。幸作はまんざらでもなさそうに目じりを下げている。

乙女も金八先生も、幸作の笑顔を見るのはひさしぶりのような気がした。

――「がんばれよ、幸作。中三で心臓の手術をしたとき、おれ、このまま死んでしまうのかと、ほんとうにこわかった。けど、主治医や、親や、おまえたちのはげましを信じることにしてすべてを任《まか》せた。そして今、おれは元気だ」

幸作は何度もメールの文字の上に目をはしらせて、友だちの言葉をかみしめた。

金八先生は幸作に本当のことを話して、少しほっとした。幸作ならば、正面からたたかい抜いてくれるだろう、と金八先生は息子を信じた。

しかし、日がたつにつれ、「告知」という最初の山は、自分たちにとってまだまだ小さな山だったことを実感せざるを得なかった。本格的な抗がん剤治療がはじまると、幸作はのたうちまわって苦しんだ。ちょうど、病院を訪ねているときに幸作が吐き気に襲《おそ》われたりすると、金八先生はただ祈るように背中をさすってやるほか、どうすることもできなかった。薬を入れるためやってきた看護婦が、優しく声をかけて励ますが、幸作は返事をすることもできずに海老のように体を丸めて苦しむばかりだった。

金八先生は、毎日どんなに忙しくても幸作の様子を見に行かずにはいられなかったが、ひどい発作を見てきた日などは、家に帰ってからも寝つくことができなかった。なぜ、幸作がこんな目にあわなければならないのか。思いをめぐらすうちにまんじりともせず、窓の外が明るくなってくることもしばしばだった。

乙女はそんな父親を心配して、食卓でぼんやりしている金八先生に、しっかり食べろ、よく噛《か》めとうるさかった。けれど、家でも病室でも明るくふるまっている乙女もまた、朝には泣きはらしたように目をはれぼったくさせている日が幾日もあった。

金八先生が眠れない夜、必ず思い出すのは成迫《なるさこ》先生のことだ。政則《まさのり》をよろしくたのむ、と拘置所《こうちしょ》でつづった手紙が、もうひとかかえほど、金八先生のもとにとどいている。面会に行ったとき、やつれた成迫先生がうなだれて語った言葉が、闇の中にこだまする。

——だれだってわが子が理不尽《りふじん》に殺されたら、親は半狂乱になるものです。しかし……。

幸作のことを思いながら、金八先生は心の中で成迫先生に話しかける。

——私だって半狂乱ですよ、成迫先生。幸作にかわってやれるものなら、何度だってこの命、悪魔にだってくれてやるのに、理不尽です……。

高校生だった最愛の娘を数人の少年たちになぶり殺しにされ、あまりにも無残《むざん》な死にざまを目にした成迫先生は、娘が殺されるきっかけをつくった教え子を逆上《ぎゃくじょう》のあまり殺《あや》めてしまったのだった。金八先生が眠れないように、成迫先生もまた眠れずに壁を見つめているのだろう。金八先生は、自分がほとんど政則《まさのり》の力になってやれていないことを思い、心の中で何度も成迫先生に頭を下げた。

政則《まさのり》は池内先生のもとで注意深く見守られていたが、いまだにうちとける気配をみせずにいる。政則は素直で礼儀正しく、そして最低限の会話しかしなかった。

「お母さんにはなれないけれど、遠縁《とおえん》の伯母《おば》さんということになっているんだから、叱《しか》るときは叱るわよ。その代わり……二度とまたよその中学を探すなんてことはさせない。坂本先生といっしょに絶対に君を守るから、それだけは信頼してちょうだいね」

はじめに池内先生は愛情をこめて政則に決意を伝えたが、政則は無表情で頭を下げただけだった。

成迫《なるさこ》先生の事件は、政則の生活もまったく変えてしまった。マスコミから逃げるように見知らぬ土地へ移ってきて、政則は新しい人にも場所にも慣《な》れようとしなかった。孤独の中にあって、否応《いやおう》なく事件と向き合う時間はふえた。自分の部屋に入って一人になると、いつも同じイメージが政則を襲《おそ》って、窒息《ちっそく》させる。安眠できないのは政則も同じだった。やっとまどろみはじめても、姉の悲痛な叫び声をきいたと思い、がばとはねおきる。助けて！　助けて！　ようやく空耳《そらみみ》と知る政則の耳に、遠くから救急車のサイレンらしい音がひびいてくる。パトカーのランプの赤い光に染め出された父の顔が脳裏《のうり》をよぎる。

政則の夢はいつも同じだった。夢の中で、政則は暗い林の中をだれかを探して走っていた。やっと見つけたと思って見ると、地面には衣服を引き裂《さ》かれ、血と泥に汚れた姉の半裸の遺体が打ち捨てられている。目は遺体に釘《くぎ》づけになったまま、体が動かない。あぶら汗でびっしょりになって、政則は目が覚めるのだった。

目が覚めても瞳《ひとみ》の奥にやきついた生々《なまなま》しい光景が再びよみがえり、涙と震《ふる》えがとまらない。布団《ふとん》から出て机の上に飾ってある家族の写真をうす明かりに照らしてみる。政則が中学に入った頃だ。姉の登美子《とみこ》は高校の制服を着て、政則の肩に手をかけて立っている。花のような微笑《ほほえ》み。その微笑みの上に、汚された登美子の死に顔がだぶって、政則はぎゅっと目をつぶる。

こうして、目覚めても悪夢は続いた。捨てられた蝋《ろう》人形のような登美子の遺体も、絶叫《ぜっきょう》してその遺体にしがみつく父親を制服の捜査員がひきはがしたのも、そして、父が無実を叫ぶ教え子の友田勉《つとむ》を刺し殺したのも、みな政則の目の前で起こった現実なのだった。

「父さん！　父さん！」

必死に呼ぶ政則の声も、憎悪の火だるまとなった父の耳にはとどかなかった。凄《すさ》まじい悲鳴とともに、父親の白いワイシャツに鮮血が散った。

「……父さん、ぼくはあんたを憎んでいる。もうおれ、どこにも行くとこないじゃないか」

写真の中で穏《おだ》やかな微笑を浮かべている父親を、政則はじっと見つめた。


眠れぬ夜にも終わりはある。幸作にも、政則にも、成迫先生にも、金八先生にも、同じように夜明けはおとずれる。朝になれば、政則は桜中学の制服に身をつつみ、金八先生も心労を隠してしっかりとした足どりでまっすぐに通学路を歩いていく。

新校長の桜中学で三年B組は相変わらずの問題クラスであった。今日は耳をつんざくような非常ベルが校内中にひびきわたり、犯人のスガッチ、恭子《きょうこ》、チューたちは例のごとく校長室でこってりとしぼられた。非常ベルがガラスの上から触《さわ》っても鳴るのかどうか、どのくらい強く押せば鳴るのか、子どもじみた遊びの果ての騒ぎだった。

「ガラスの上から触っても鳴るのかなあとだれかが言って。こういうのって科学する心でしょ」

子どもたちの奇妙な言いわけを、校長は苦虫《にがむし》をかみつぶしたような顔で、そしてたまたま文化祭のことで居合わせた地域教育協議会の吉田と町内会の駒井は半《なか》ばあきれ、半ばおもしろがって聞いている。教頭や他の先生方にも怒られて、チューたちと金八先生はそろってあやまった。

けれど、三Bの騒ぎはそれでおしまいではなかった。非常ベルの音で哲郎《てつろう》がすっかりパニックに陥《おちい》ってしまったのである。哲郎は奇声をあげて教室の中を逃げまどっていたが、机や人で行き場を失い、今は机の上を走り回っていた。ときどき机から落ちそうになり、女子が金切り声の悲鳴をあげる。

「静かにしろ、このバカ！　おれたちがまた叱られるじゃねえか！」

儀《ただし》が黒板消しを哲郎めがけて投げつけた。黒板消しは命中しなかったが、平八郎が儀を思いきり張りとばした。そのことでまた香織《かおり》や奈美《なみ》たちの悲鳴があがる。その声を耳にすると、政則《まさのり》は蒼白《そうはく》になり、自分もまた叫びだしそうになるのを必死にこらえた。けれど、騒然とした教室でそんな政則の様子に気づく者はいない。

悲鳴の中を逃げまわりながら哲郎がますます混乱していくのを心配して、賢《けん》が思い切って机の上にとびのった。危なっかしい鬼ごっこがはじまると、こんどは直《なお》が反対側の机にひらりととびのった。行く手をさえぎられた形になった哲郎がくるりと振り返るところを、賢ががっきと抱きとめる。だが、哲郎の勢いをささえきれずに、バランスをくずし、二人は重なり合ったまま机と机の間の床に転げ落ちた。

「賢ちゃん！」

心配であかねが走り寄る。賢は仰向《あおむ》けに倒れながらも、腹の上にしっかりと哲郎を抱きかかえていた。ショックで奇声もおさまり、茫然《ぼうぜん》となっている哲郎を、平八郎が注意深く抱き取った。落ちたときに激しく体を打ちつけたらしく、賢はまだ床にのびたままだが、机の上からのぞきこんだ直に、大丈夫だと手で合図をした。直が何ごともなかったようにぽんと机からとびおりた。

雪絵《ゆきえ》と江里子《えりこ》に呼ばれてきた金八先生は、涙声の女生徒たちを制して静かにさせると、哲郎の肩にそっと手をかけてゆっくりとふりむかせた。政則がその様子をかたずをのんで見守っている。哲郎は瞳《ひとみ》をいっぱいにひらいて、まじまじと金八先生の顔を見つめた。

「大丈夫か？　哲郎」

金八先生はゆっくりと優しくたずねた。哲郎は答えるかわりに拳《こぶし》で金八先生の胸をたたきまくった。

「先生、いなかった、いなかった、いなかった」

「そうだね、ごめんな。すまなかったよ」

金八先生はそれが哲郎をなだめる唯一の方法であるかのように、じっとたたかれつづけた。そんな担任を、政則も直もじっと見ている。

哲郎が落ちつくと、金八先生は哲郎と賢を保健室へつれていった。本田先生にいれてもらった紅茶を、哲郎は用心深く吹き冷《さ》ましながら飲んでいる。賢は落ちたときに肩甲骨《けんこうこつ》やら尾《び》てい骨《こつ》やらを打ったらしく、本田先生の手当てをうけた。

「けど、よかったわよ、後頭部ガーンなんていうのじゃなくて」

湿布《しっぷ》を貼《は》ってやりながら本田先生が言うと、賢はおどけて答えた。

「鍛《きた》えてるもん、そんなドジはやりましぇーん」

賢のおしゃべりには毒がなく、哲郎もまじえて四人はひとしきり笑った。

「坂本先生どうぞ。山田くんならもう少しここであずかります、ね」

着替えおわった賢を見て本田先生がそうすすめるので、金八先生はまだ紅茶をすすっている哲郎を残して賢とともに保健室を出た。

「じゃあ、あとでだれか迎えによこそうね」

去りぎわに金八先生が哲郎に言うと、哲郎はかぶりをふった。

「先生、来て」

「……うん、わかった」

それが、自分のことをちゃんと見ていてくれという哲郎の訴えであることは、金八先生にはよくわかっているのだ。

廊下を歩きながら、賢が金八先生になにげない調子で言った。

「先生さ、このごろ、なんか変だぞ」

「え」

「テツだって、三年になってからはあんましキーキー言わなくなってたじゃん」

「あ、ああ」

「ぼくなんか鈍《にぶ》いからいいけどさ、テツはあれで敏感だから、校長が代わって、転校生が来て、先生が大変なの、あいつにうつったんじゃないかと思ってさ」

あまりに核心《かくしん》をつく言葉に、金八先生はどきりとして返す言葉がない。

「ほかのヤツも、このごろなんとなくざわついているし。はっきり言うとさ、最近、なんか相談しにくいよ、先生」

「うむ」

「前は何でも言えたのに」

「そうか」

よほどこたえたのだろう、金八先生の顔が深刻になったのを見て、賢はすぐに話題を変えてからりと明るく言った。

「けど、机の上、走るのってすげえよ。おもしろいのとおっかないのが両方で、あれで学級崩壊《ほうかい》やるヤツの気持ち、全然わかんないけど、少しわかる、かな？」

「うん……」

生徒の賢に逆に励まされているようで、金八先生はうれしいのと情《なさ》けないのとであいまいにうなずいた。

午後、帰宅した直《なお》は上機嫌《じょうきげん》だ。

「転校して、今日が一番おもしろかった」

娘が、楽しそうに学校の話をするのに、成美《なるみ》はちょっと驚いた。

「また、あなたが騒ぎを起こしたんじゃないでしょうね」

「起こしたのは私じゃないけど、机の上、走った。追いかけっこ」

思い出して、直は目を輝かせた。

「いけてる男子がいた。おかしなこと言ってもさりげないし、気に入った」

「お友だちになったわけ？」

「ううん、話をしてみたいだけ。スポーツとか、進学のこととか」

「どうして、それが女の子じゃいけないのかしら」

成美の皮肉《ひにく》っぽい言葉に、直はそっぽを向いた。

「テレビタレントとか、着るもんの話ばっか。腹割って話したい女子なんか、ぜーんぜん」

直は床《ゆか》にのびたまま、仲間同士といった感じで自分に合図した賢の顔を思い浮かべ、くすりと笑った。


直にとっておもしろかった一日も、政則にとっては緊張の連続で消耗《しょうもう》した日だった。

政則はぐったりして帰って来ると合い鍵《かぎ》で家に入り、まっすぐに二階の自分の部屋へ上がった。今日は池内先生はボランティアの仕事で帰りが遅くなるかも知れないといって、夕食を用意して出かけていた。畳《たたみ》に体を投げ出して、政則は読みさしの本を手にとった。けれど、まだ神経がたかぶっているのか、頭の中を教室の騒音、悲鳴がわんわんとこだまして、読み進むことができない。

政則は本を放《ほう》り出し、ごろんと横向きになって、投げ出されてカバーのはずれかかった本の表紙を見つめた。『少年法』。

懇願《こんがん》する登美子《とみこ》を取り囲《かこ》んで殴《なぐ》り、犯《おか》したのは、体は大きいが未成年のグループだった。姉は無惨《むざん》に殺された。地面に投げ出された姉の死体を制服の捜査《そうさ》員たちがモノのようにいじっている間、政則には近寄ることすら許されなかった。犯人たちに脅《おど》されてパシリをやっていた友田勉《つとむ》は父に殺された。父は拘置所《こうちしょ》に入れられた。姉も父も、その後マスコミによって二重に傷つけられ、政則は家族と居場所を失った。けれども、自分たちを地獄《じごく》に突き落とした犯人たちが、今どこで何をしているのか、政則は知らない。

じっと見つめる本の表紙に、鮮血が飛び散った。血まみれの顔。赤く濡《ぬ》れて光るナイフ。玄関を出たとたんにわっと自分を取り囲むマスコミ。どぎつい言葉の雨。政則の脳裏《のうり》をいくつもの週刊誌の見出しが駆けぬけていく——。

『教師、教え子を刺殺！』

『問題教師に、問題女子高生の長女』

『許せるか、法治《ほうち》国家の仇討《あだう》ち！』

『教師に刃物、これが今の教育現場だ！』

イメージが怒涛《どとう》のように押し寄せてきて、政則の息をふさぐ。夢中で逃《のが》れようと、政則は叫び、幻影《げんえい》が手で払《はら》いのけられでもするかのようと腕を振り回しながら部屋を飛び出し、階段を駆け下りて玄関から走り出た。

夕暮れの街を激情にまかせて走ってきた政則は、すぐに行き場を失った。勤《つと》め帰りのサラリーマンや買い物袋をさげた人たちが歩いてくる、その流れにさからって人をかきわけるようにしばらく進んだが、道行く人のどの顔にも、通り過ぎるどの店にも見覚えがない。毎日、人目をさけるようにうつむいてひたすら桜中学と池内家を往復するだけの政則は、この街では完全によそ者なのだった。ふと、自分が存在しなくなったような空虚感《くうきょ》におそわれて、政則は立ちすくんだ。

夕方、明かりの消えた家に戻り、政則がいなくなったのを知った池内先生は青くなった。テーブルの夕食は手がつけられないまま、部屋にも政則の持ち物がそのまま置かれている。早まったことをするのではないか……。池内先生は血の気がひいていくのを感じて、あわてて金八先生の家に電話をかけた。

「……心当たりを探してみます。池内先生は家にいてください、お願いしますよ！」

金八先生がテーブルの上にあった乙女の携帯《けいたい》電話をわしづかみにして飛び出そうとするのへ、背後から事情を察《さっ》したらしい乙女が呼び止めた。

「警察に頼んだらいいじゃないの！」

「今のあいつは人間不信のかたまりなんだ。まして警察なんかに」

「だめよ！　みんなも心配してるのよ。お父ちゃん、疲れてんのよ」

生徒のために家を飛び出していくことなど金八先生には日常茶飯事《さはんじ》で、それまで理解して助けこそすれ口出しすることのなかった乙女が、珍しくきつい口調で言って、靴を履《は》く父親の前にまわりこんだ。

「どきなさい！」

「生徒はその子ひとりじゃない。ほかの子のためにも今のお父ちゃんは……」

乙女は顔色の冴《さ》えない父親の袖《そで》をつかんだが、次の瞬間、父親に手をはらわれた。

「ひとりの子どもの心もつかめないで、三十人の生徒の心をどうやってつかむんだ！」

一刻を争うかも知れない。嫌な予感にせきたてられるようにして、金八先生は家を走り出た。

秋の日が暮れるのは早い。そのうちに、天高くのぼった月が冴《さ》えざえと冷たい光を放ちはじめ、通り過ぎるのは塾帰りの子どもたちや飲み屋から出てきた男たちばかりになっていた。あてもなく孤独をかみしめながら黙々《もくもく》と歩いていた政則は、はっとして立ち止まった。遠くから歩いてくる父親と娘の二人連《づ》れに目を奪われのだ。政則には、それが父の政《まさ》之《ゆき》と登美子《とみこ》に見えた。いっさいの音が遠のき、政則は懐かしさと喜びで小走りに近寄っていった。顔の見分けられる距離まで来て、政則はじっと二人を見つめたまま、立ち止まった。父親と姉と思ったのは、当然ながら、他人の空似《そらに》だった。見知らぬ親子は、一つの袋の持ち手を両側から一つずつ持って、仲むつまじそうに歩いてくる。政則の中に裏切られた思いと嫉妬《しっと》とがいっきにこみあげてきて、次の瞬間、政則はこの父娘《おやこ》めがけて突進していた。体当たりをするように二人の間を突き抜けて走った。不意をつかれた二人の叫び声と、地面にたたきつけられた袋の中で何かが割れる鈍《にぶ》い音がきこえた。

「何するんだ！　だれか、つかまえてくれえっ」

背後に声をきき、政則は振り返りもせずに逃げ出した。すると、前方から鋭いホイッスルの音がする。薄闇《うすやみ》から現れたのは自転車に乗った大森巡査だ。警官の制服を見て、政則はその場に金縛《かなしば》りとなった。

携帯電話に連絡を受けた金八先生は、道のだいぶん向こうから大きな声で呼びかけつつ走ってきた。

「おーい、大森君！」

「来た、来た。あれがおめの担任だべ」

大森巡査は人のよさそうな顔で、隣りの政則を見やった。

「ありがとう、サンキュー。なんと礼を言っていいか」

金八先生が息をきらしながら大森巡査に頭を下げると、巡査はぴしっと敬礼で応《こた》えた。

「だば、桜中学三年B組、成迫政則。たしかに坂本金八にひきわたす」

あまりにあっけないので、金八先生がとまどっていると、大森巡査はいつものくだけた調子に戻って言った。

「特別、だれも怪我《けが》させとらんし、物も盗んではおらん。また、おやじが拘置所《こうちしょ》に入っとるちゅうし、騒ぎにしねほうが、おめたちのためだと思ったんだ」

「ほんとうにありがとう」

危惧《きぐ》していたことだけに、金八先生は心からほっとして、この制服を着た友だちに感謝した。

「こら、だども、二度と金八っつぁんに心配かけたら本官が承知せん。先生とこのせがれは今な、病気だで、ほんとうはおめなんどにかかわっとる余裕はねんだ」

うなだれ、無言で足もとの地面を見つめている政則に巡査がきびしく釘《くぎ》をさすのを、金八先生がさっとさえぎった。

「いいんだよ、政則。子どものことはだれの子でも心配するのが大人《おとな》の仕事だ。さ、帰ろう。もうひとり、倒れそうに心配している人がいる。送ってくから」

政則は目を伏せながらも大森巡査に一礼し、素直《すなお》に金八先生と足をそろえた。

「夕飯《めし》、どこかでかきこんでってもいいんだが、池内先生も食べずにいると思うよ」

「すみません」

政則の声は消え入りそうだ。

「な」

「はい」

「以前、一度お宅にお邪魔《じゃま》したとき、君は小六くらいだったけど、けっこうやんちゃで明るくてハキハキした子でさ、つい、うちの幸作と比《くら》べちゃったもの。それが何かいじけている」

政則は黙って聞いていた。昔、金八先生が父親を訪ねてきたことはなんとなく覚えているが、それほど印象に残っていない。そして、昔の自分はまるで他人のように思える。すべてが壊れてしまって、もう絶対にもとには戻れないのだという気がした。

「明るくなれなんて強制はできないよ。けど、君自身は何も悪いことはしていない。とすれば、人権を侵害《しんがい》されているのは君の方なんだからね、自分を見失わないようにしっかりと暮らさなきゃ。……という私も、このところ自分を見失いそうになって、あまり面倒《めんどう》を見てやれず、すまないと思ってるよ」

「いえ」

「ぐちだと思って聞いてくれよな」

弱みをみせた金八先生が意外で、政則は顔をあげて金八先生の顔を見た。世界のすべてが冷たく、悪意にみちている中で、政則はふと金八先生に人の体温を感じた。

「どんなに思っても、親なんてものは子どもにしてやれることに限界があるんだよな」

金八先生はひとりごとのように、ぽつり、ぽつりと話し、政則は黙って耳をかたむけた。

「幸作は個室に隔離《かくり》され、成迫先生は塀《へい》の中で、両方とも今とっても頼りにしているだろう子どものそばにいてやることができない。気がつくと、布団《ふとん》の中で勝手に涙がこぼれていたりしてね、情《なさ》けないったらありゃしない……けど、おまえにはおれがいる！　そういう心だけはしっかり持ち続けなけりゃいけない。それは絶対に相手に通じると思うんだけど、どうだろうか」

「はい……」

金八先生はうつむく少年を愛《いと》しそうに眺めやり、励ますように肩をたたいた。政則は黙ってその温かみを受けとめていた。

家に着くと、待っていたらしい池内先生が走り出てくるなり、両腕に政則を抱きしめた。

「よかった！　心配したじゃないの。でも、ほんとうに無事《ぶじ》でよかった！」

とまどった政則が、宙《ちゅう》に視線を泳がせると微笑《ほほえ》みかける金八先生と目があった。


看護婦の話によれば、幸作の治療はいちばんつらい坂をのぼりかけたところだという。幸作は白い部屋の中で薬で朦朧《もうろう》として寝たり醒《さ》めたりしながら、今が朝なのか昼なのかもわからなかった。少し気分がよくなると、金八先生が持ってきた本を少しずつ読んだ。けれど、ページをめくる幸作の表情は重い。金八先生は同じ病気の仲間がつくった本を読んで強くなれと励ましたが、幸作は読むほどに悲観的な気分になっていた。ため息をついて、うっとうしくなってきた髪をかきあげると、手に数本の髪がついてきた。ぎくりとなって、もう一度頭に手をつっこむと、こんどはごそっと束《たば》で抜けた。幸作は手のひらの中の髪の束を凝然《ぎょうぜん》と見つめた。喉《のど》の奥から嗚咽《おえつ》とも悲鳴ともつかないものが突き上げてきて、幸作は歯を食いしばったまま、声をたてずに泣いた。

しかし看護婦のミドリは慣《な》れたもので、幸作がどんなに動揺していても動じずに必ず落ち着いた微笑を幸作に投げかけてくれた。今はミドリが、幸作が一日の中でいちばん多く顔をあわせる人間だった。ミドリは幸作の頭を片腕でしっかりと抱《かか》えるようにして持ち上げると、手早く抜け毛の散らばった枕をきれいにした。目の前にやわらかい胸のふくらみを感じて、幸作は思わず目をとじる。幸作の口から、無意識に言葉がもれた。

「……お母ちゃん」

「なにか言った？　どうしてほしい？」

ミドリが優しく聞き返すが、幸作はぎゅっと目をつぶったままだ。幸作はどちらかといえば手をわずらわせない患者だった。こまごましたことを要求してもどうにもならないとあきらめかかったようなところがあって、日に日に無口になっていくようだ。ミドリはいろいろな話題をもちかけたりして、なるべく、明るく幸作の気持ちがまぎれるようにと気をつかった。

「……ね」

幸作が声をかけた。ミドリが顔をのぞきこむと、幸作は思いつめたような目でたずねた。

「この部屋、僕の前に入っていた人、何のがんで死んだんだ？」

「残念でした。ここでの治療が終わって、今、一般病棟に戻っています」

「だれ？」

「それは内緒《ないしょ》」

「みろ、やっぱ、死んだんだ」

相手が嘘《うそ》をついているかも知れないと思うと、幸作の目にはとたんに敵意がこもる。

「あのね、患者さんと言い合うつもりはないけれど、私たちには守秘《しゅひ》義務というのがあって、他の患者さんのことは言えないの。だってさ、幸作くんだって、髪の毛が抜けてびびっているなんて、私にしゃべりまくられたくないでしょ」

「びびっているよ。ああ、おれはびびってるさ！　だから、なんとかしてくれよ！」

突然、幸作は泣き出しそうになり、ついでおかしなことを口走った。

「だから言ってよ。父ちゃんと、お母ちゃんと姉貴《き》にも、もっとおれを大事にしろって」

「お母ちゃん……？」

ミドリはびっくりして幸作の顔を見た。幸作の母の里美先生はとうの昔に亡くなったことを知っていたからだ。しかし幸作は涙をぽろぽろこぼしながらなおも訴えた。

「あいつ、一回も顔見に来ないじゃないか。みんな忙しがっているうちにおれが死んじまったらどうするんだよ」

幸作と同じ青嵐《せいらん》高校に通《かよ》う健次郎は、昼間、学校の廊下で携帯電話にメールを受け取った。

――おれ、もう駄目だ。　幸作

短い叫びのような文面を見て、健次郎は動揺したが、すぐにメールを打ち返した。

――幸作！　駄目ってどういうことだ。がんばれよ、幸作！

おまえのほんとうの親友　健次郎

その日の午後、安井病院の医局で金八先生と乙女は、幸作の主治医《しゅじい》の遠山《とおやま》医師から説明を受けた。幸作の髪が抜けはじめたと聞き、金八先生は息をのんだ。予期していたことではいえ、やはりショックだった。遠山医師は、不安定になっている幸作を面会で刺激しないようにと、いくつかの心得《こころえ》を言い渡した。

「面会しても、ワン・オブ・ゼム的な慰めや励ましは危険です」

「ワン・オブ・ゼム？」

「たとえば、百人のうち死んだのはたった一人だから心配するなどという激励です。身内《みうち》は安心させるために言ったとしても、患者は自分がその一人になるのではないかという思いにとらわれてしまうんです」

「いえ、幸作は、うちのせがれは、そんなマイナス指向《しこう》の子では……」

金八先生が思わず口をはさんだが、主治医はかまわず続けた。

「そうならばよろしいのですが、外隔遮断《がいかくしゃだん》と言って、感覚が鋭くなりすぎると一時的に意識が混濁《こんだく》したりすることがあって、人によっては幻覚を見たり……」

「先生」

不安になる金八先生の目を、主治医がまっすぐに見返す。

「優しい子ですからね、息子さんは」

「はい、それはもう」

「自制心も強い」

「そうなんです！」

「ということは、日ごろ家族のために我慢することなどあって、つまりストレスも強いということです。そのたまったストレスのバランスが一気に崩れたりすると、外隔遮断《がいかくしゃだん》という現象が起きることがあります」

「外隔遮断……？」

「例えば事故で真っ暗な部屋やエレベーターにたった一人、長時間閉《と》じこめられた場合などに起こるのですが、しかしこれは、通常、一時的なことですから、お父さんもあまり深刻になりすぎないように注意してください」

「はい……」

主治医の語り口はあくまで淡々《たんたん》としていたが、金八先生の不安はふくらむ一方だった。

「現《げん》に、母親が一度も見舞いに来ないとナースに言ったようです」

思わず、金八先生と乙女は顔を見合わせた。黙ってそばにひかえていたミドリが、心配そうに言った。

「半分、うわごとみたいでしたけど、一度、お母ちゃん、と呼んだような気がしました」

「あの子が……」

乙女は涙がこみあげてきそうになって、その後、言葉が続かない。金八先生はミドリに向かって深く頭をたれた。

「お手数かけます」

「それはナースの仕事ですから」

主治医が代わりに答え、さらにすらすらと注意事項を並べていった。

「この病気のこの時期、ご家族の一番強い思いは、たぶん、自分たちも治療に参加したいという気持ちだと思いますが」

「それはもう、代われるものならこの私が」

「という思いで実体のない宗教にすがったり、科学的に根拠《こんきょ》のないものを、効《き》くからと聞かされて持ち込まれると、私たちの治療にとって、とても困惑《こんわく》します」

「はい」

「ま、教育者でいらっしゃるので申し上げますが、ご自分の中でよく反芻《はんすう》してください」

そう言って、主治医は続けた。

「本来これは医者としての考えで、ふつうご家族には申し上げないのですが、まず、病院側の説明以上に患者の状態を知りたがる。次に、常に患者のそばにいたいと思う」

「はい」

「第三は、どんなことでもして、なんとか患者の役に立ちたいと思う。第四は、それでいて自分の不安な感情をだれかに吐き出して聞いてほしい」

「それは……」

「第五は、医療チームにつよく励まされたい。これは裏返せば、励ましてくれないという不満となり、不信となります」

「いえ、決してそんなことは！」

金八先生は強く打ち消したが、主治医は金八先生の答えなどは期待していないふうで、金八先生が動揺《どうよう》するのもかまわず、顔色ひとつ変えずにあとを続けた。

「第六は、家族以外の人たちからもいたわられたい。これも、裏返せば同じことです。そして七番目は、患者の安楽、つまりあまり苦しませないでという保証がほしい。最後は、患者の死はいつかを知りたい」

最後の項目を聞いたとき、金八先生は完全に打ちのめされてしまったようだ。乙女が心配して、小さな声で呼びかける。

「……お父ちゃん」

「うん、だいじょうぶだ。ありがとうございました。肝《きも》に銘《めい》じてこころがけます」

金八先生は真っ赤な目をしてそう言うと、頭をさげた。若い主治医はひと言「よろしく」

と答えると、席を立った。

主治医の注意は、金八先生と乙女の気を重くするのに十分な内容だった。その後、父と娘はクリーンルームで無言のまま、念入りに手を消毒した。

そっと病室のドアをあけると、人の気配に幸作がゆっくりと振り向いた。金八先生と乙女の姿をみとめて、しかし幸作の顔は無表情だ。金八先生は胸を突かれる思いで息子を眺めるが、なんとか笑顔をつくった。

「どうだ？　あんばいは」

すると、いきなり幸作が本を投げつけてきた。

「幸作……」

乙女が驚いて拾《ひろ》うと、床に落ちたのは『種まく子供たち』である。

「うそつき！」

「おいおい、いきなりうそつきはないだろ」

幸作は金八先生をにらみつけた。

「今はもう、小児がんでは死ななくなったって言いながら、この本では七人のうちで四人も死んじゃったじゃないか！」

「それはね……」

「おれ、死ぬのがこわいってわめいてるんじゃない。なぜ、ほんとうのことを言ってくれないんだって言ってるんだ！」

幸作の唇《くちびる》がわなわなと震《ふる》えている。

「落ち着きなさいよ、幸作」

「見ろ、抜けてきたんだよ、この通り」

幸作は頭に手をやると、髪をむしりとって金八先生に向かって突き出した。

「なあに、そんなもの、また生えてくる」

なんと言ってよいかわからず、金八先生が曖昧《あいまい》に言うと、幸作はますます激しく怒鳴《どな》り散らした。

「人のことだと思って、いいかげんなこと言うな！　そんな本、ひっちゃぶいて焼いちまってくれ。読まなきゃよかった」

「幸作」

乙女がはらはらした様子で荒れ狂う弟を見ている。けれど、金八先生は幸作の機嫌《きげん》をとろうとはせず、穏やかに反論した。

「そうかな。父ちゃんは読んで感動したんだよ。人はなんと強く、そしてなんと優しいんだろうって」

「そんなことで、ごまかされるもんか。強かろうが弱かろうが、みんな死んじゃうんだろ。その本の七人、たしかに立派《りっぱ》だよ。最後までがんばっているよ。けど、あんまりじゃないか。おれはそんな神様みたいにはなれないんだ」

「そうだよね」

「だったら、絶対に嘘《うそ》はつかないでくれ。たまんないよ」

つっぱっていた幸作の声が、だんだん弱々しくなっていく。それを見て乙女は、無意識のうちに母親を呼んだという弟が痛ましくてならない。

「わかった。けど、一つだけその前に聞いてくれないか」

金八先生が頼むと、幸作は父親をにらんだまま黙った。

「この本を書いた人だ。十六歳と九カ月で息子さんの拓也《たくや》くんを骨膜肉腫《こつまくにくしゅ》で亡くされた。中学三年でがんの宣告。そして高校一年のその日まで一年二カ月の闘病《とうびょう》生活だった。闘病というのは病人だけじゃない、家族もいっしょに壮絶《そうぜつ》にたたかったということだ。読んだなら知っているだろう」

「ああ」

「だから父ちゃんは、このお母さんからも拓也くんからも、たたかう勇気をもらった。もちろん、亡くなったほかの子どもたちからもだ。だから父ちゃんはな、おまえもこの中からその勇気をだ」

金八先生はゆっくりと噛《か》みしめるように幸作に話しかけるが、幸作は激しくかぶりを振ってこばんだ。

「そんなもの、しぼりだそうったって、おれには残っちゃいない。この本だけで四人。そんなにたたかって半分以上がだめだったんだ」

「けど、このお母さんは、なぜこの本を出したんだ?」

「知るもんか!」

幸作が喘《あえ》ぎながら怒鳴《どな》り返したとき、そっとドアが開いて、やはり帽子とマスクをつけた健次郎が入ってきた。メールを読んで、心配して駆けつけたのだ。健次郎はすぐにその場の雰囲気《ふんいき》を察すると、そっと乙女の脇《わき》に立った。苛立《いらだ》って父親をにらむ幸作は、健次郎を見向きもしない。その鋭い視線を、金八先生はしっかりととらえた。

「今日、髪が抜けたんだよな。おまえがどんなに不安になっているか。父ちゃんだってな、ちはるのパパから、おまえの病気が悪性リンパ腫《しゅ》だと聞かされた時、目の前が真っ暗になって、何がどうなったかわからなくなったよ」

「けど、死ぬのは父ちゃんじゃない」

かたくなな表情で答える幸作に、金八先生はさらに続けた。

「その通りだ。だけどな、できることならおまえの身代わりになりたいと、できもしないことを毎晩母ちゃんにせがんで、もがいて、おまえと同じくらい苦しかった。いや今だってとうとう髪が抜けたかと胸ん中かきむしられているよ。ここを断《た》ち割って見せてやりたいくらいだ」

「ああ、見てみたいね」

「けど、拓也《たくや》君のお母さんはな、ご自分がその体験をなさったからこそ、少しでも病気の子を持った親のために役立ちたい、情報を送りたいと思い立った。それが、拓也君への何よりの供養《くよう》になると、あとがきで書いていらっしゃる。そこまで読まなかったか、おまえは？」

幸作は荒い呼吸で、じっと金八先生から目を離さないでいる。

「だから、つらい思いを押して、入院して闘病している子どもにもインタビューした。

そして、子どもたちもまた、それが役に立つならばと語ってくれた。けどな、断《ことわ》る人だっているだろう、本になるまで三年半かかっている。本になるのを待てないで亡くなった人に、お母さんは間に合わないでごめんなさいとあやまっていらっしゃる。この本はな、おまえにうそつきと放《ほう》り投げられるような代物《しろもの》ではない、命かけて生命の大切さを教えてくれる本なんだ」

金八先生の気迫《きはく》にのまれたように、健次郎も神妙《しんみょう》な顔で聞き入っている。幸作は少し落ち着いてきたらしく、にらみつけていた目を閉じた。

「そして、医学の進歩は確実に子どもたちを救いつつあるんだ。確かに百パーセントが助かるわけじゃないかも知れない。けど、自分から病気と向き合ってたたかっている子どもたちの精神力、生命力には、だれもが教えられるんだよ。だから幸作、おまえもおれは絶対病気に負けるもんかとたたかってくれ、たたかわずに自暴自棄《じぼうじき》になぞ、絶対にならないぞと誓ってくれ。それには負けるもんかという気力と体力だぞ。父ちゃんも姉ちゃんもたたかっているんだ。いいな、しっかりと生きろ！　けどな、そもそも人は死ぬもんだからな」

「お父ちゃん」

金八先生が死を口にしたのを、乙女があわててとめようとした。けれど、金八先生はもう幸作を救うためには幸作ともども正面突破《とっぱ》するしか道はないと確信していた。

「いや、乙女も、健次郎もいっしょに聞きなさい。人はいつかは死ぬ。けど、物には順序というもんがあるんだ。自然の摂理《せつり》として、まず一番最初に死ぬのが父ちゃんだ。だから幸作、しっかりと父ちゃんの顔を見ろ、おい！」

幸作は目をあけて、ひたと父親の顔を見た。

「次に死ぬのが姉ちゃんで、おまえや健次郎はその次だ、いいな、健次郎」

「はい」

「坂本家では、母ちゃんだけが順番を間違えてしまった。そのために乙女にも幸作にも不自由かけてしまっていると、母ちゃんは父ちゃんの夢の中で泣いていたよ。だから、幸作には順番を間違えさせないでくれってな」

幸作は身じろぎもせず、父親の言葉を聞いた。その目にもう反抗の色はない。

「父ちゃんはな、おまえたちのじいちゃんばあちゃんに、これという親孝行は何ひとつできなかった。けど、たった一つだけ、親より先に死ななかったこと、先だって親を嘆かさずにすんだことが、父ちゃんにできたたった一つの親孝行だった」

金八先生の言葉は、最愛の姉を事故で亡くし、家庭内暴力の兄の死を願い、自らも死の誘惑《ゆうわく》にかられたことのある健次郎の胸にも重く響いた。

「いいか、父ちゃんはおまえより先に死ぬわけなんだから、遺言《ゆいごん》だと思って聞いてくれ。おまえたちは父ちゃんより先に死んではいけない。そのためには病気に負けないことだ。父ちゃんや姉ちゃんや友達の応援を信用しなさい。じゃなかったら、同じ病気で苦しむ子どもたちを励まそうと、勇気の種《たね》をまいてくれたこの本の中の仲間に申しわけないと思わないか」

いつしか、乙女の頬《ほお》にも涙がつたっていた。全身全霊《ぜんれい》で語りかけてくる父の真剣そのものの言葉を、幸作も健次郎もやはり正面から受け止めている。金八先生の目には挑むような強い光がたたえられていた。

「幸作、おまえは死なない。父ちゃんたちが絶対に死なさない！」

病院からの帰り、なぜか遠藤先生も合流して、金八先生たちはラーメン屋のカウンターに一列に並んでラーメンを食べた。金八先生は病室にいたときとはうってかわって無口だった。

「あの子、がんばると思う」

乙女が祈るようにそっと言った。

「僕は……いつか幸作と、またこの大盛りラーメンをいっしょに食べます」

健次郎が言うと、金八先生は先ほどの迫力とは別人で、涙ぐみそうになって礼を言った。

「ありがとよ、健次郎」

「ぼくも絶対、あいつはがんばると思います」

遠藤先生が大きくあいづちを打った。

「その通り！　しかしそのためには、坂本先生にもっと元気を出してもらわないと」

「まったくだね。文化祭も迫《せま》っているというのに、しっかりした指導もしてやれなくて、親ってのは情《なさ》けないもんだなあ」

金八先生がため息まじりにつぶやくと、遠藤先生が勢いこんで言った。

「そんなことなら、私にまかせてくださいよ」

「……しかし」

「研修出向《しゆっこう》はしているけれど、私の籍《せき》はれっきとした桜中学の教師です。公休日もあるし、ソーラン節《ぶし》で行きましょう。私がビシバシ指導してやります」

ソーラン節は遠藤先生の十八番である。健次郎たちの代の三Bは文化祭でこのソーラン節をやった。当時、その実技指導をひきうけたのが遠藤先生だったのだ。そのスパルタ指導にはいささか問題があったが、それでも当時の三Bたちは喝采《かっさい》を浴《あ》び、思い出の取り組みとなった。

「ソーラン節、燃えたもんなあ、健次郎」

遠藤先生はすっかりその気になって目を輝かせている。

「よし、おれが行けない時はおまえたちが後輩の面倒《めんどう》、バリバリと見てやれ、いいな」

はりきって、遠藤先生は健次郎の背中をドンとたたいた。健次郎は、はい、と笑って答えたものの、まったく食のすすまないらしい金八先生が心配だ。

「夜《よる》まさに明けなんとしてますます暗し」

突然、健次郎が言った。

「え」

金八先生が健次郎の顔を見ると、健次郎はいたずらっぽい目で金八先生を見た。

「夜《よる》まさに明けなんとしてますます暗し。先生、試験に出したじゃないですか。夜中よりも実は夜明け前が一番暗いんだということわざ。十七世紀のイギリスのことわざでもあるって」

「そうか、そうだったよね」

健次郎の励ましが、胸を突く。教え子に自分の教えた言葉で励まされるとは。金八先生は涙まじりに苦笑した。そして幸作が、健次郎のような友だちを持っていることをあらためて感謝した。

「そうね。幸作も私たちも、今がいちばん暗いのかも。でも、夜明けは確実にやってくるのよ、お父ちゃん」

乙女もまた、金八先生とともに健次郎の励ましをしみじみと感じていた。

長い一日を終え、夜の道を娘と二人で肩を並べて帰っていきながら、金八先生はふと乙女に告白した。

「学校でな、このあいださ」

「え」

「先生はどこか気もそぞろだと男子生徒に言われてしまった」

賢《けん》の言葉は、ずっと金八先生の胸に小さな刺《とげ》のようにささっていたのだった。

「幸作のことは、そりゃ心配でならんけど、それでも学校は学校でちゃんとやっているつもりでいたんだよ。けど、子どもはやっぱり鋭いな……ちゃんと見すかされていたんだね」

金八先生の横顔に、学校のことを話すときのいつもの気迫《きはく》はない。めずらしく弱気な父親を見て、乙女は答えた。

「でも……よかったじゃない」

「よかった?」

「その子も、ちゃんと、先生としてのお父ちゃんを見ていたんだ」

教師が生徒を見守っているように、生徒も教師を見守っている。金八先生はさっき健次郎が、かつて自分の教えた言葉で励ましてくれたことを思った。教えるとは、学ぶこと。じっさい、その通りなのだ。そしてそのことを、父の背中を見ながら育った〝教師の卵〟である乙女も感じ取っているのかも知れない。そう思うと、金八先生の胸の中はジンと熱くなる。

「お父ちゃん、いい担任なのよ、きっと。だから、その子もいい子なんだと思う」

乙女は満足げに言って、小さな星のまたたく空を見上げた。

あとがき

「なぜ幸作を病気にしたのか！」「幸作を死なせないで！」「もし幸作を殺したら絶対に見ない！」

放送がはじまると同時にワーッと届いたEメールの数々《かずかず》に、二十二年前からの、そして新しいファンのあまりの多さに、私はたじろぐ思いでした。

私には命をもてあそぶ考えは毛頭《もうとう》ありません。それよりも、命というものをふわふわと考えている人たちの存在が気になってならないのです。哀《かな》しみと怒りすら感じます。

子らには、我が子が病気になった時、親はかくも取り乱すのかを金八先生によって見て欲しい。親や大人たちには、もっともっと子らを愛し、見守って欲しいのです。

一九四五年四月、私は投下される爆弾の凄《すさ》まじい炸裂《さくれつ》音と炎が迫る中を逃げまわりながら、一人の赤ちゃんの死を見てしまったのです。背中にざっくりと砲弾の破片を受けたのでしょう、若いお母さんは、その赤ちゃんを背負ったまま、「可哀そうに、可哀そうに！」と泣き叫びながら、私の前を走っていました。その時、私は十五歳。あの時の声、まっ赤な炎の中で見た赤ちゃんのあの姿は、今でも私の耳と目に灼《や》きついています。

あとがき

だから私は、脚本家となった時、涙を誘うための子どもの死は絶対に書くまいと心に誓いました。

けれど、一人だけ死なせています。それはパートIの浅井雪乃《ゆきの》のお兄さんで、東大受験に失敗し、それだけが目的だった彼の挫折《ざせつ》でした。この時も、子の自殺がどれほど親を嘆かせるかを、多くの若い人に見て欲しいのが目的でした。

私は幸作に、家族と友だちと一緒に、最後までたたかって欲しいのです。まだ、どうなるか分かりませんが、皆さんも応援してやってください。

そして今、同じアジアの人、アフガニスタンの子どもたちへ思いをつなげてください。私の仲間がすでにイスラマバードを拠点《きょてん》に救援活動に入っていますが、すでに雪が来ています。食糧を届けることができない所がたくさんあります。食べ物も医薬品もないまま死んでゆく幼い子たちを思うと、胸がつぶれそうです。

歴代の三年B組の生徒たちもチャリティー・イベントを通してこの活動を応援してくれています。同じ命、共に考えたいと思っております。

二〇〇一年　秋

小山内美江子

3年B組 金八先生 スタッフ＝キャスト

◆スタッフ

原作・脚本――――――――――――――――――――――――小山内美江子

音楽――――――――――――――――――――――――――――城之内　ミサ

プロデューサー――――――――――――――――――――――柳井　　　満

演出――――――――――――――――――――――――――――福澤　　克雄

三城　　真一

加藤　　　新

生野　　慈朗

主題歌「まっすぐの唄」：作詞・武田鉄矢／作曲・中牟田俊男／編曲・原田末秋／唄・海援隊

制作著作――――――――――――――――――――――――――ＴＢＳ

◆キャスト

坂本　金八：武田　鉄矢

〃　乙女：星野　真里

〃　幸作：佐野　泰臣

千田校長：木場　勝己

国井美代子（教頭）：茅島　成美

乾　　友彦（数学）：森田　順平

北　　尚明（社会）：金田　明夫

遠藤　達也（理科）：山崎銀之丞

小田切　誠（英語）：深江　卓次

渡辺　花子（家庭）：小西　美帆

本田　知美（養護）：高畑　淳子

小林　昌義（数学）：黒川　恭佑

ジュリア(AET)：サリマタ・ビビ・バ

池内　友子：吉行　和子

大森巡査：鈴木　正幸

安井病院長：柴　　俊夫

和田教育長：長谷川哲夫

乾　　英子：原　日出子

道政　利行：山本　正義

〃　　明子：大川　明子

駒井町会長：梅津　　栄

吉田地域教育協議会長：内山彰夫

鶴本　成美：りりィ

信太　浩造：松澤　一之

安井ちはる(元３Ｂ)：岡　あゆみ

兼末健次郎(元３Ｂ)：風間　俊介

◆放送

ＴＢＳテレビ系　2001年10月11日（21時～22時54分）、18日、25日、11月１日（21時～21時54分）

●高文研ホームページ・アドレス
http://www.koubunken.co.jp
●ＴＢＳ・金八先生ホームページ・アドレス
http://www.tbs.co.jp/kinpachi

3年B組
金八先生
風にゆらぐ炎

◆2001年11月20日――――第１刷発行

著者／小山内美江子

カバー・本文写真／ＴＢＳ提供
装丁／商業デザインセンター・松田礼一

発行所／株式会社 高文研

〒101-0064 東京都千代田区猿楽町2-1-8
☎ 03-3295-3415 Fax 03-3295-3417
振替 00160-6-18956

印刷・製本／三省堂印刷株式会社